生命的笑声

马新亭 著

主编 高长梅 王培静

与文学名家对话 · 中国当代获奖作家作品联展

花山文艺出版社

图书在版编目(CIP)数据

生命的笑声/马新亭著.—石家庄：花山文艺出版社，2013.7（2021.6 重印）

（与文学名家对话:中国当代获奖作家作品联展/高长梅，王培静主编）

ISBN 978-7-5511-1695-4

Ⅰ.①生… Ⅱ.①马… Ⅲ.①小小说–小说集–中国–当代 Ⅳ.①I247.8

中国版本图书馆 CIP 数据核字(2013)第 292393 号

丛 书 名：	与文学名家对话:中国当代获奖作家作品联展
主 编：	高长梅　王培静
书 名：	**生命的笑声**
作 者：	马新亭
策 划：	张采鑫
责任编辑：	卢水淹
责任校对：	齐　欣
特约编辑：	李文生
全案设计：	北京九洲鼎图书有限公司
出版发行：	花山文艺出版社（邮政编码:050061）
	（河北省石家庄市友谊北大街 330 号）
销售热线：	0311-88643221
传　真：	0311-88643234
印　刷：	永清县晔盛亚胶印有限公司
经　销：	新华书店
开　本：	710×1000　1/16
字　数：	100 千字
印　张：	8
版　次：	2013 年 7 月第 1 版
	2021 年 6 月第 2 次印刷
书　号：	ISBN 978-7-5511-1695-4
定　价：	32.00 元

（版权所有　翻印必究·印装有误　负责调换）

目 录 CONTENTS

第一辑　平凡与伟大

老人的儿女	002
天下父母	005
一条棉被	007
常回家看看	009
母亲河	011
爷爷的枪	014
平凡与伟大	017
平凡的人家	020
声音	023
树上的鸟儿	026
雨夜	028

第二辑　上帝的魔术

最宝贵的财富	032
奇迹	034
生活公交车	036
上帝的魔术	039
海之语	043
寻找	045
谁能辅佐天子	047
灵魂	049
人生之旅	051
生死抉择	054

第三辑　一只有梦想的青蛙

1948 年的表	058
致失败者的信	060
幸运儿	063
生命的笑声	065
命运的征兆	068
心灵的眼睛	069
河里的鱼	071
幸福生活	073
热爱生命	076
一只有梦想的青蛙	078
纸老虎	080

第四辑　会飞的房子

无人的村庄 ……………………………… 084

会飞的房子 ……………………………… 086

你到底安的什么心 ……………………… 088

奶奶的红柜子 …………………………… 090

你说没说我的坏话 ……………………… 092

物种宣言 ………………………………… 094

咆哮的黄河 ……………………………… 097

大院 ……………………………………… 109

谁是你，你是谁 ………………………… 111

新婚之夜 ………………………………… 114

男人 ……………………………………… 116

第 一 辑　平凡与伟大

老人的儿女

离天亮还很早，农贸市场上却已是灯火通明，人声鼎沸，琳琅满目。

这是这座城市最大的一个农贸市场，各种商品应有尽有。市场坐落在城市的中部，北面、东面是一排排一望无际的居民楼，西面是一个开放式的公园，公园里很早就有人晨练。南面是铁路，风驰电掣的列车常常呼啸着掠过。

我很早就来到这个农贸市场卖粮食。粮食的品种很多，有大米、小米、绿豆、黄豆……

每天天刚蒙蒙亮，一个老人就从一个生活区拐到马路的人行道上，慢悠悠地朝农贸市场移来。开始就是一个几乎看不见的小黑点，然后一点点扩大，直到扩大到我面前，她也就到了终点站。她在我面前要么挑选几斤大米，要么挑选几斤小米，要么挑选几斤绿豆。卖粮食的有十几个人，排成长长一溜儿，但老人从不买别人的，总是买我的。每次，老人买得也不多，估计多了她也拿不动。

有一次，我问她："老姐姐，你每天买米，自己吃，还是送人啊？"

老人说："自己吃点儿，主要是给孩子们吃。"

"多么好的老人啊！""可怜天下父母心！"望着老人弓形的背影，我们几个卖粮的感慨万千。

我年复一年卖米，老人年复一年买米。

直到我们成了要好的老姐妹。

有一天，她邀请我去她家做客。我答应卖完了米时间早就去。于是，她把生活区、楼牌号、几单元、几室都告诉了我，还说随时欢迎。

一天，米卖完得特别早，我决定到老人家去一趟。

老人住高层。我坐电梯上到20层，敲了几下门。老人开门见到我，很高兴，热情地把我拉到客厅的沙发上，又忙着沏茶、上水果。

我说："老姐姐，别忙活了，快坐下说说话吧。"

老人坐下后，我问："就你一个人？"

老人点点头："老伴早年就走了。"沉默片刻，老人又说，"不过，我有一帮儿女。"

我环顾一遍室内，没有看见一个人，问："都去上班啦？"

老人说："都出去玩了。"老人看了看对面墙的挂钟说，"快回来了。"

我们刚拉了几句家常，突然，北面的窗外响起几声鸟鸣。老人忙站起来，说："儿女们回来了，饿了。"

老人蹒跚着去厨房，舀出一瓢大米，走进北面房间，拉开窗玻璃。防护网上站着几只鸟，一动不动，还冲着老人"叽叽喳喳"地叫。老人一边说："行了，行了，别叫了，这不来了吗？"一边往窗台外面防护网上摆着的几个碟子里倒大米。几只鸟落在碟沿上，啄一口抬起头看一眼，啄一口抬起头看一眼。老人慈祥地说："快吃吧，别看了。"鸟儿似乎是听懂了老人的话，"叽喳"两声，听声音有点儿像说"谢谢"。

我看着这一幕，简直有点不敢相信自己的眼睛。

老人边拉着我往沙发上坐，边说："这些鸟儿像不像咱们的儿女？小时候围在咱身边转来转去，我们还很烦。长大了，一个个地飞出去——不飞出去也没出息，好男儿志在四方啊！有的飞过高山，有的飞过大海，有的飞过千山万水……可是我们却很少能见到他们了！好想再让他们烦一回，却再也不可能了……"

老人说着说着，眼里泛起晶莹的泪花。我的心里也发酸，

第一辑 平凡与伟大

生命的笑声

有一股巨浪在翻腾。

老人继续说:"这些鸟儿小时候不也是在妈妈的翅膀下长大吗?长大了,它们飞出去,飞出去寻食,不知道飞向哪里,迎着狂风暴雨,冒着电闪雷鸣,顶着严寒酷暑……它们的妈妈是不是也在思念和惦念着它们呢?"

不知为什么,我的眼泪忍不住淌下来。我哽咽着说:"我们就是它们的妈妈!"

老人重重地点点头:"不知道这些鸟儿来自何方,不知道这些鸟儿家住哪里。"

我说:"是啊。"

老人擦擦眼泪说:"这些鸟儿,带给我很多快乐,每天早上,我都在它们清脆的叫声中醒来,它们似乎是报时的钟声。每天都有鸟儿在窗外鸣叫,它们好像是天生就有一副好嗓子的歌星,每天在唱歌给我听。它们又像是轮流陪我说话,把它们的喜闻乐见说给我听,让我开心,我有时听得入迷。"

我高兴地说:"你可真幸福!"

老人点点头:"是。有时,我还把这些事,说给异国他乡的儿女们听。"

我说:"他们也会为你高兴的。"

老人说:"我有件事要麻烦你。"

我说:"你只管说,只要我能做到,就一定答应。"

老人说:"以后,如果我走不动路、不能去买米了,我给你打电话,要啥你给我送啥,我多付钱给你。我不能饿着儿女们!"

"放心吧,老姐姐,我不多收你一分钱,你的儿女也是我的儿女!"

天下父母

一

杨大娘背着一大袋家乡特产的花生,风尘仆仆地进城看孙子。

一见面,杨大娘脸也顾不得洗,先抓一大把花生往孙子手里塞。岂料孙子一甩小手,说:"早吃够了。"弄得杨大娘好尴尬。

晚上,儿媳撂下饭碗出去了,要很晚才回家,孙子也早早睡了。杨大娘守着儿子千年的万年的七十三八十四唠叨了一大堆,净说些以前日子艰难、不像现在日子好过、养活个孩子这么松缓之类的话。杨大娘说着说着笑了,笑着笑着又哭了,弄得儿子左也不是,右也不是。

第二天是星期天。吃罢早饭,儿子提议全家到街上转转,到商场逛逛,让老人开开眼界。老少四人随着人流在街上东飘西荡了大半个上午,最后走进商场。浏览完一楼爬到二楼,往右边走是"老年人用品"。儿媳往左边"儿童玩具"一指:"那边没啥看头,来这边看看。"孙子第一个冲过去,指着一支金灿灿的冲锋枪喊:"我要枪!我要枪!"儿子说:"家里不是有吗?"儿媳接话:"早叫他摔坏了。"杨大娘赶忙颠过去,掏出一块脏旧的手绢一层层打开,拿出一张百元票说:"咱买!咱买!"孙子挎上冲锋枪边跑边喊:"奶奶好!奶奶好!"儿媳冰冷的脸上见笑了,儿子也"嘿嘿"两声,杨大娘更是合不拢嘴。

一家人高高兴兴地步出商场。趁儿媳和孙子去上厕所时,杨大娘掏出一张100元的钞票往儿子手里一塞,说:"你媳妇管得你严，你留着买点儿东西什么的！"

二

　　孩子的几颗乳牙都掉了半年多，还没见长出新牙。

　　星期天，妈妈领着孩子去医院看病。医生说："缺钙，多给孩子喂点儿排骨汤。"

　　从医院出来，妈妈领着孩子直奔菜市场，讨价还价买上了几斤排骨，回家后洗净，放到高压锅里炖。

　　妈妈一边炖排骨，一边做饭。不长时间，高压锅开始往外喷气，越来越急，顶得高压锅上面的铁帽一上一下，声音也很响，像拧开了一个液化气罐。

　　这时，孩子突然跑进厨房，说："妈妈，什么响？"

　　妈妈往后拧着脖子大声说："快出去，危险！"

　　孩子吓一跳，跑了出去。

　　排骨炖熟后，不料孩子嫌腻，不吃。妈妈想出一个办法，每天早上用排骨汤下面条给孩子吃。

　　第二天早上，面条做好后，孩子果然挺爱吃。妈妈很高兴。

　　炖一次排骨，下三天面条。

　　第四天，妈妈便又买回几斤排骨，用高压锅炖。正在高压锅很响的时候，孩子又跑进厨房。妈妈一见，扯着嗓门喊道："快出去，危险！"

　　孩子从没见妈妈发这么大火，就溜了出去。

　　一连几个月，妈妈隔几天就买回几斤排骨用高压锅炖。每次高压锅像汽笛一样响起时，孩子总是好奇地跑进来，妈妈每次都大声斥责："快出去，危险！"可孩子还是往厨房跑。最后，妈妈不得不关死门，一个人躲在厨房里炖排骨。

这天,妈妈关着门炖排骨,孩子在房间做作业。

突然,"嘭——"一声,从厨房里传出一声巨响,把孩子吓了一大跳。

孩子放下铅笔,往厨房里跑,看看到底是怎么回事。

孩子跑进厨房时,立刻吓呆了:妈妈被炸得面目全非!但是,妈妈还是用上最后的力气说:"快、快、出、出、去……危、险……"

一条棉被

天还没亮,娘就说:"你爹今天回来。"

吃着早饭,娘还念叨好几遍。

刚吃完早饭,娘便撂下饭碗,跑到村头的大道上往东张望,看爹回来没有。

以后,几乎每隔一两个小时她就跑出门去看看,每次回来都冻得牙齿直打战。

到晌午时,又下起大雪刮起大风,娘更着急起来。娘跑到村头的次数更多了,但每次都是满怀希望而去,焦急失望而归。

中午饭,娘也没咋吃。

一下午娘重复着一句话:"咋还不回来呢?"她像丢了魂似的。

娘做出晚饭来,让山和三个弟弟、两个妹妹吃得饱饱的。所谓的饭,也只不过是地瓜干、窝头和咸菜。然后娘对山说:"你和我搭着伙,咱去接接你爹。"

娘牵着山的手走出家门。雪大片大片地掉,风大声大声地吼。娘和山在雪地里蹒跚,再用力也走不快。

第一辑 平凡与伟大

生命的笑声

山边走边问:"爹干什么去啦?"

娘说:"去孤岛割芦苇。"

"割芦苇干什么?"

"明年春天卖掉,换成地瓜干吃,好不让你们几个挨饿。"

"明天年三十吃什么?"

"给你们蒸锅馍馍吃。"

"真好吃。"

"让你们解解馋。"

"年初一能吃饺子吗?"

"能,怎么着也得包顿饺子。"

走出几里地,也没见爹。

娘丝毫没有回去的意思,拉着山的手急急地走。

又走出几里地,还是没接着爹。娘说:"孩子,你注意听着点儿,只要有铃铛声响,就是你爹来了,咱家那头毛驴脖子下的铃铛特别响。"

山竖起耳朵用力听,却光听见风在咆哮,别的什么都听不见。

又走出几里路,雪已经把路全埋在下面了。山说:"这么深的雪,爹赶着毛驴车能走得动吗?"

娘说:"我也很担心。不过,咱家的毛驴很壮,能拉动,就指望这头毛驴替咱干活了。你爹拖着个病身子,你们又还小。"

山说:"我什么时候才长大啊,长大好替咱家干活。"

娘说:"娘指望你长大好好念书,不希望你好好干活,这也是你爹经常说的。"

"为什么?"

"干活苦啊,孩子,只有好好念书才有出息,才享福。你爹和我小时候兵荒马乱地没捞着书念,不能让你们再走我们的老路。你爹这次临走时还说,这次多割点儿芦苇,春上卖个好价钱,给你买上个书包哩。"

"娘,我走不动啦。"

"好孩子,再往前走走,说不定就能接着你爹。我还用地瓜干给你爹换上斤白酒哩,接你爹回到家,让他暖暖身子。可不许说是我用地瓜干换的,就说我到你姥娘家拿来的。"

"嗯,我不说。"

突然,山隐隐约约听见前方传来铃铛声。山说:"有铃铛声。"

娘站住,山也站住,侧耳仔细听。过了片刻,前方果然传来很细很细的"丁零、丁零"的声音。

娘和山几乎是不顾一切地往前扑去。山一边踉跄着一边喊:"爹,爹——我和娘来接你……"

山和娘终于扑到车前,只见满满一车芦苇,小山一般,却没看见爹的身影。山和娘围着车找。右边的车轱辘变形了,车胎瘪瘪的。爹在车的左边,两条胳膊紧紧抱在胸前,坐在雪地上,背倚着车。山和娘俯下身拼命叫喊:"爹——爹——孩子他爹——孩子他爹!"爹却无论如何都叫不醒。

那头毛驴在避风的地方拴着,低头吃着地上槽子里的草,吃几口,摇摇头,抖落头上的雪。毛驴身上盖着一条厚厚的棉被,那也是山家唯一的一条厚棉被,是娘让爹下孤岛时捎着的……

常回家看看

好久没见到父母亲了,心中不免惦念,星期天,我带上妻子、领着儿子回家看看。我知道父亲爱吃熟食,尽管妻子下岗,我单位的效益也不太好,路过集贸市场时,我还是称上一个猪心、

生命的笑声

一斤猪头肉，尽尽孝心。

10点，我们一家三口走进家门。父母亲知道我们要来，已把中午的饭菜张罗好，就等着下锅炒了。父亲工资不高，母亲没有退休金，日子过得并不宽裕。但看得出，父母亲还是尽力准备了一桌好饭。

吃着饭，母亲问："你家里还有没有花生油吃？"

我说："有，刚分了10斤。"

刚满五岁的儿子趴在茶几上，只顾埋头往嘴里扒饭。我们几个大人围着圆桌喜欢得不得了，父亲不断扭着身子往儿子的碗里夹鱼夹肉。

母亲说："有，你也带回去吧，俺又吃不了。"我知道母亲又在变着法儿地让我捎着。我在厨房炒菜时分明看见油桶的油快见底了。我猜测这油肯定是二哥送来的，每次父母都不舍得吃，给我留着。父母知道我们兄弟几个中，数我日子过得紧。

我确实不愿再在父母身上揩油，说："我又不是没有，捎油干什么？"

母亲见我态度坚决，便说："不要就不要吧。"

吃完饭，我和妻子坐在沙发上，陪父母说说话。儿子像扫荡一样在每个房间里折腾。

我看见父母亲的头上又多了些白发，心里就酸溜溜的。

又喝了阵子水，父亲说："趁天早，你们回去吧，家里又没啥事，天晚不好走。路上慢点儿。"

我说："行啊。"便站起身，对妻子说："咱走。"

妻子去给儿子忙活着穿上外衣，刚要出门，儿子说的一句话，惹得全家笑弯了腰："妈妈，你怎么不捎着那桶花生油啊？咱家不是快没有啦！"

母亲就急忙往厨房里走，说："孩子嘴里说实话。我去拿来，你们带着。"

父亲就故意逗儿子："不给你啦，不给你啦，快走吧，快走吧。"

儿子赖着不走，拖也拖不动，一个劲儿地说："要，就是要。"

我一把抱起儿子，和妻子一溜烟似的走出家门。走出老远，我回头望望，满头银丝的父母提着那桶花生油还站在家门口。

儿子在妻子的怀里一个劲儿地问："爷爷奶奶给咱花生油，你们咋不要呢？"

我叹息一声说："等你长大就知道啦！"

母亲河

一

江出生在一个地主家庭，是家里的独生子。父母对江很娇惯，含在嘴里怕化了，捧在手里怕飞了。父母在江长到上学的年龄时，把江送到当时是资本家的舅舅家里，让江在济南读书，希望将来成为栋梁之材。看起来江一定会前程似锦，可那只不过是人的一厢情愿罢了。江初中毕业那年，父母和舅舅没有精力和能力再供江上学，于是江参加了工作。几年后，江由于涉世未深血气方刚，多说了几句话，再加上家庭成分不好，被打成右派，遣送回原籍。

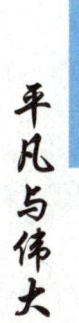

生命的笑声

二

江回到阔别多年的家乡的第二天,就被通知去游街。

江受不了这种耻辱,躺在被窝里就是不起床。不仅仅因为这件事,还有,江老大不小的人了,还没找上媳妇。

这还是人过的日子吗?

白发苍苍的母亲,坐到床前,说:"孩子,起来!人家叫咱游街,咱就去,别人想游街还捞不着呢!咱一不偷二不抢,又没做伤天害理的事,游街就游街,不但不丢人,反而正好提高咱家的知名度。"

江被母亲连说带劝地起了床。母亲把饭端到江面前,说:"先吃饭,吃得饱饱的,好有劲儿游街。"

江一点一点地吃起来,很快便吃完一碗。相依为命的母亲再给江盛一碗。

就在吃饭的时候,民兵连长已来催促好几次。母亲说:"再急也得等吃完饭。"

吃完饭,民兵连长拿出一个铜锣说:"你们娘俩一边走一边敲。"

江一听就来气,真想将铜锣一把夺过来,扔到屋顶上去。江就是不接递过来的铜锣。

母亲说:"拿着,孩子。"

江很不情愿地接过铜锣,却无论如何迈不开步,没有勇气走出门去。

母亲说:"走啊,孩子,你在前面,我跟在你后面,你什么都不用怕。"

江仿佛有靠山似的,一咬牙,迈步跨出门去。在跨出门去的一刹那,江的脸"刷"一下红到耳根——门外面围着一堆人,有老人,有小孩,有男人,有女人,尤其还有几个年轻的姑娘,在抿着嘴偷笑。

江站在门口犹豫不决,真想扭头跑回屋,蒙上头,爱怎么办怎么办,就是不去丢那份人。

这时,母亲在后面推了江一把,说:"走,朝前走,只管朝前走!"

江磨磨蹭蹭地走起来,却不敲锣。

旁边的民兵连长说:"敲、敲、敲锣。"

江有气无力地走几步,轻轻敲一下,走几步轻轻敲一下。他们走出胡同口,拐到大街上。街上围观的人更多,街两旁的人,脸上流露着幸灾乐祸的神情,像看耍猴一般。江感觉生不如死。

民兵连长大概还嫌人少,觉得不过瘾,呵斥道:"声音太小,都听不见,用上吃奶的劲儿敲!"两旁围观的人"哄——"全笑起来。

江忍无可忍,几次想把铜锣狠狠地砸在他的麻脸上,拼个你死我活。

这时,一直跟在后面、拽着江衣角的母亲悄声说:"他让你使劲儿敲,你就使劲儿敲,用上全力,敲烂拉倒!"

江差点没笑出声,所有的畏惧害羞统统抛到九霄云外,他使尽力气"咣——咣——咣——"地敲起来。

这一敲,看热闹的人脸上竟然都流露出敬畏钦佩的神色。江仿佛找到自信,更加起劲地敲起来。那声音很大,震耳欲聋,响彻云霄,像怒吼,像呐喊,像反抗,像欢呼!江感觉和母亲不是在游街,而是在庆祝胜利!

江走得很慢,但非常从容、非常镇定。江知道,走得快了,三寸金莲的母亲跟不上趟。母亲又悄声说:"你看我们像不像是领导来视察,群众在夹道欢迎?"江感觉有一股无穷的力量,从母亲拽着衣角的手上传到身上。

生命的笑声

敲着敲着，铜锣"咣"一声敲烂了。民兵连长说："你怎么敲烂了？"江说："不是你让我用力敲吗？"民兵连长哑口无言，过一会儿说："那就光走吧。"

江与母亲游完本村，又到邻村去游，游完一村又一村，游到天黑回家，第二天接着去游……

三

25年后，"冤、假、错"案平反。江重见天日，恢复公职，全家进城。和江一起被打成"右派"的那批人很多没有回来，大部分人不堪忍受屈辱和折磨，有失踪的，有自杀的，有自残的……

母亲离开江已经30年，可江感觉自己仍像一叶小舟，在母亲河柔软温暖的怀抱里，跋山涉水，漂向远方……

爷爷的枪

我是爷爷的一条尾巴，爷爷走到哪儿我跟到哪儿。我感觉爷爷是天下最让我着迷的人，因为我像所有的小男孩一样喜欢枪，而爷爷也喜欢枪。爷爷总是变戏法儿似的给我弄来好多"枪"。

爷爷不但喜欢枪，还会造枪。他有时用各种木棍给我造枪，长的、短的，背着的、挎着的。他有时用各种农作物秆给我造枪，手枪、步枪、冲锋枪、机关枪……五花八门，应有尽有。

我问爷爷："你小时候喜欢枪吗，爷爷？"

爷爷说:"喜欢啊。"

我问:"你为什么喜欢枪?"

爷爷诘问我:"你为什么喜欢枪啊?"

我说:"我觉得好玩。"

爷爷笑笑说:"爷爷小时候喜欢枪,可不是觉得好玩。那时候,兵荒马乱枪炮声不断,爷爷害怕,总是身不离枪,身上有枪,爷爷就不害怕。"

生活好点儿后,爸爸和姑姑都会给爷爷一些零花钱。爷爷舍不得花。他每次赶集,总会给我买枪回来;他每次进城,也总要给我买枪。有塑料的,有铁的,有冒光的,有冒火的,有带声音的……有时,我疑惑不解,外面怎么这么多枪啊。渐渐地,我产生了一种离奇的想法——什么时候,我能摸摸真枪啊!

我真的摸到真枪了。18岁那年我参军到部队,天天摸枪。

这年,我回家探亲时,爷爷问我:"摸到真枪没有?"

我说不但摸到真枪了,我还是部队上的神枪手呢。

爷爷说:"我带你去看看枪。"

我笑起来,心想,爷爷真是老得越来越糊涂,但我又不想惹爷爷生气,就问:"上哪儿去看?"

爷爷一探一探地往外走着说:"你跟着我走就行。"

我骑上自行车,追上爷爷,带着爷爷出村。

村外有好几条纵横交错的公路,不管是大路还是小路,两旁都栽着树。

爷爷指着那些树说:"你看像不像机关枪?"

我看了看,说:"怎么是机关枪呢,那不是树吗?"

爷爷说:"你再看看,树干像不像枪身,枝头的无数片叶子,像不像枪口喷出的子弹?"

让爷爷这么一说,我看着还真有点像,就说:"像,真像。"

走着走着,爷爷指着一片高粱地说:"你看那些高粱,像

生命的笑声

不像一支支步枪？"

我不想让爷爷不高兴，就说："爷爷，让你这么一说，还真像，我原来咋就没发现呢。"

爷爷笑起来。

路过一片玉米地，爷爷又指着玉米说："你看看那一棵棵玉米，像不像一支支冲锋枪？杆像枪身，樱子像刺刀，玉米苞像弹夹。"

我说："是是是。"

爷爷说："知道吗，这些树木啊、庄稼啊、花草啊，都是大地的枪啊。"

我说："大地还需要枪吗？"

爷爷说："当然需要。它们保护着大地啊。"

在回去的路上，我问爷爷："你见过真枪吗？"

爷爷说："我不但见过，还有过真枪。"

我吃惊地说："真的吗？"

爷爷说："那还是在辽沈战役的时候，国民党的军队被围困几天几夜，没吃没喝，一个馍就换一把枪。我就用一个馍换过一把枪。"

我说："他们没枪还怎么打仗？"

爷爷说："也许他们饿得忍受不住，也许他们根本就不愿意打仗，不然他们就不会失败。"

我连忙说："是是是。"

我又问："爷爷，你的枪呢？"

爷爷说："打完仗，部队收缴枪，我第一个交的。"

……

我再一次探家时，爷爷更老了，老得走不动路，只能坐在炕头上。而我这次探家与前几次探家已有天壤之别，我从一个扛枪的兵成为一个军官。

听说我回来，亲朋好友都来看我，挤得屋里满满的。凳子上坐满人，炕沿上坐满人，还有站着的。人们七嘴八舌地恭维我，恭维我父母。有说我有出息的，有说我光宗耀祖的，有说我父母教子有方的。最后人们又恭维我爷爷，说我爷爷有眼光，当年没人愿意去当兵，只有我爷爷坚决支持我当兵。

我爷爷咳嗽一阵子，就说了一句话："在我眼里他什么都不是，他就是爷爷的枪！"

平凡与伟大

春天，秃兀的树枝穿起翠绿的新衣，沐浴着温煦的阳光荡秋千。鸟儿唱着歌，踅来踅去。

"收破烂废书废报喽——"尖细的嗓音从楼下飘上来。她只有十四五岁的样子，苍白的脸庞上闪烁着一对大眼睛，脑后梳着略黄的"马尾巴"，一件褪色的红上衣配一件半新的蓝布裤。她每天在鳞次栉比的高楼中间穿梭。

我坐在临窗的写字台前，正在写我那部长篇小说，也是我梦想中的世界名著。望着她，我眼里充满鄙夷，心里充满愤懑：小小年纪，不在学校读书，跑到城里收破烂赚钱，没出息！

一次处理废书报时，我嘲讽地问："小姑娘，赚钱不少吧？你爸妈生了你这样一个女儿真有福气！"

她没吱声，细碎的牙齿咬着薄薄的下唇，用一种莫名其妙的目光直盯我。

夏天，炙热的太阳烤化了路面的柏油，蝉趴在树上拼命喊："热——热——"

生命的笑声

"收破烂废书废报喽——"她身着商店里削价处理的白衬衣黑裙子,背着一个竹篓,黑黑的脸上淌着汗水。

我拿着几件破旧衣服下楼喊:"喂,卖东西!"她娴熟地过完秤,给我付钱时却没有零钱,少我7角。我一时动了恻隐之心,摆摆手说:"算了算了,你留着买支雪糕吃吧。"她说:"等我有零钱,一定还你!"我笑笑,心想,干这种营生的人不坑人就不错了,人不大倒会骗人。

秋天,花儿谢下红妆,树儿脱去绿衣。

这日中午下班,我刚在楼口停下自行车,看见她老远跑来,气喘吁吁地拿着7角钱说:"阿姨,给您的钱,怎么很长时间没见您?"

"厂里派我到外省学习几个月。"我并没有接钱,"你家很穷?"

"嗯。"她点点头。

"所以你就不读书,出来挣钱?"我用讥讽的口吻说。

"不、不是!"她的头和那只攥着钱的手都垂了下去。

"那你为什么?"我问。

她眼里渗出亮亮的泪。

"究竟是怎么回事?"我问。

她不肯再说一个字。

"你现在挣多少钱啦?"我又问。

"1000多块。"她揩揩脸上的泪水,露出几丝笑意。

我叹口气,要上楼。

"阿姨,还您的钱。"

"你留着买块烤地瓜吃吧。"我说。

她把钱往我衣兜里一塞:"这钱我不要。"

望着她离去的背影,我的双眼模糊。我没多想,马上就去构思我作品中的人物了,因为小说快要结尾了,我憧憬着小说出版后，中央电视台马上来采访我，让我名扬天下，万世流芳。

冬天，大地冻得像岩石，凛冽的风像刀子。

她露在衣领外面的脸、耳、鼻红红的，有的地方紫紫的。她将双手插进袖口里，缩着脖颈，佝偻着身子，游荡在大街小巷中，哆哆嗦嗦地吆喝："收破烂废书废报喽——"

每晚，我都要看《新闻访谈》。一天晚上，我坐在暖融融热乎乎的客厅里，准时打开电视机，把频道锁定在中央电视台。播完片头，电视上没出现主持人，突然出现一个熟悉的身影，我几乎不敢相信自己的眼睛，再仔细一看，真的是那个收破烂的小女孩。她怎么会上了中央电视台呢？我屏息凝神地听主持人对她的采访，原来小女孩的爸爸妈妈很早就出车祸死了，她靠收破烂供他哥哥考上名牌大学，并继续供她哥哥读书。

不知怎么回事，这时候收破烂的小女孩在我眼里，再也不是那个没出息、平凡的小女孩了……

多年以后，那个小女孩的哥哥成为一个很伟大的人物，可是小女孩却因困苦交加，身患重病，早早死去。当记者采访小女孩的哥哥的时候，小女孩的哥哥泪流满面地说："真正伟大的，不是我，而是我的妹妹！"

平凡的人家

妹

就是这么一块鸟不拉屎的地方,竟然孕育出妹这么一个大美女。小伙子见了她,脖子抻得老长,眼睛都忘记眨,像掉了魂,嫉妒心强的姑娘暗地里咒她骂她。

媒婆子走马灯似的换,胆大的好小伙子苦苦追求,却没有一个能打动她的芳心。

娘不止一次地劝道:"闺女,眼眶子可别太高哇,找个老实巴交的庄稼汉更稳妥。"

她有时被说得心猿意马了。但每当从河边走,望着水中自己的俊模样,想想村里破衣烂衫脏兮兮黑乎乎的小伙子,她便发誓非找个干净文雅的城里人不可。

她去城里打工,认识了一个城里人,挺拔的鼻梁上架着眼镜,衣着穿戴挺讲究,浑身散发着一种说不出的好闻的气味。

那人也很喜欢妹。

妹带着他来家里。

村里的老人们说这是妹前世积的德,现世有了好报应。

有一天,那个城里人说要往省府调。妹泪汪汪地央求带她一块儿走。他说安顿安顿一定来接她。

他走后,妹掐着指头盼,整整盼了半年,没盼来他,倒把肚子盼大了。其间,村里人谁见谁问:"他还不来接你呀?"妹就说:"快了,快了!"

村里有人风言风语说那人肯定变心了。妹嘴上说不会，心里也很担心。妹去省府找，好不容易找到他，才知道他已经有了新女友，正准备结婚。

回家路上，妹真想一死了之。

姐

姐很丑，矮矮的个头，黄疏的头发，单眼皮，细眼睛。

最能吃苦的是姐，从小吃饭拣陈的吃，饭不够时，她就吃半饱，一抹嘴说饱了。姐干活从不偷懒耍滑，小时候去割草挖菜，每次都是她背回家的最多。姐都快三十了却还没嫁人。村里无论哪家男婚女嫁，她都不去看热闹。

娘几次劝她出嫁，她都说："等哥结婚后再说。"

一天，姐洗着衣服说："娘，给我哥换亲吧。"

娘说："你妹嫁人了，用谁换？"

姐说："用我换。"

娘摇摇头："从小数你受苦受累多，我不能再让你吃亏。"

姐说："总不能让哥打光棍，你不答应，我一辈子不走。"

娘叹口气，说："哪里有合适的呀？"

姐说："村里彭老二想换亲。"

娘说："他的儿傻呀！"

姐说："不傻人家能换亲么。"

婚后，姐的丈夫天冷不知加衣，天热不知脱衣，窝里吃窝里拉。姐不但伺候丈夫，还得挣钱养活丈夫。

生命的笑声

哥

哥渐渐懂事了,他最害怕听到的就是"累赘"两个字,这两个字像一条毒蛇,时刻咬噬着哥的心。

哥一天天长大,爹娘一天天发愁。

在这穷乡僻壤,没有聋哑盲人的特种学校,哥没法受教育。没有文化,哥将来可怎么活?开始,哥说什么也不同意换亲,说那会毁姐一生的幸福。娘说:"姐已经到人家那边去了。"哥才同意。可是娘给哥换来的媳妇,第二年就跑了,也没跑回娘家,不知道跑到哪里去了。

哥渴望有一双眼睛,一只也行!可是,哥从生下来就是盲人,只能在黑暗中度过一生。

有时哥也问:"娘,我是累赘吗?"

娘抹抹眼说:"别瞎说。"

一天,哥说:"爹,你教我干点儿活吧,干什么都行,我不做累赘。"

爹是当地的编织能手,就说:"好,教你用柳条编篮子。"

有眼的人用眼编,哥没眼就用心编,手扎破了,脸划破了,可他的心却甜甜的。

哥在黑暗中摸索着编出一只,尽管不伦不类,又编出两只、三只、四只……

哥的编织技术由生到熟,由熟变巧。他不但用柳条编,还用打包带编,还在篮子的两侧点缀上小鱼、小兔、小鸟之类的图案,像真的一样,与众不同,别有情趣。

这里原是战国时代的齐国故都,修建高速公路时,发现了殉马坑、古代战车等文物,吸引了不少国内外专家来观光考察。

没想到老外不但对几千年以前的东西感兴趣,对哥刚出手的柳条篮子也颇感兴趣。因为哥编出的篮子,谁也没见过,是世界上独一无二、奇形怪状的篮子,在老外眼里简直是一件件妙不可言的艺术品。

老外一说好,没有不说好的。

这样一来,哥编织的篮子就身价百倍。

慢慢地,哥竟成了这地方的名人、有钱人。

每当妹、姐生活上遇到了困难,哥总是慷慨解囊,倾力帮助。

哥在县城注册成立了一家"民间艺人手工艺品"公司。忙不过来时,哥就把在家闲着没事干的妹和姐叫来。后来,随着公司越来越好,哥面向社会招工,哥招人只招那些盲人、聋人、哑人等残疾人。

哥那个跑了的媳妇又跑了回来,说:"你还要我吗?"哥说:"现在大闺女也有愿意嫁给我的,你相信吗?"媳妇说:"我信、信。"哥说:"我谁也不要,还要你。"媳妇惊喜地问:"为啥?"

"为了我姐,为了我妹,为了我爹,为了我娘!"哥哭了,哭得天响、天响!

声 音

天上一弯新月由东向西游移,很慢。天上几朵白云,也由东向西飘移,很快。于是,窗纱上一会儿明亮如银,一会儿又昏暗如铁。

你躺在床上,紧紧搂着孩子,一边轻轻拍着,一边哼着摇篮曲,哄着孩子入睡。孩子睡后,你刚想关灯,手机突然响起。

生命的笑声

你怕把孩子惊醒，急忙抓起手机搁在耳朵边，手机里传来一个孩子尖厉的哭声："哇……哇……哇……"一个孩子哭得上气不接下气，死去活来。

你心里很纳闷，便轻轻问一声："喂？"

"你妈妈的声音，你听！"手机里一个男人说。

霎时，听不见孩子的哭叫声了。

你一时不知道该如何回答。这时，孩子听不到你的声音，又哇哇大哭起来。

你的心仿佛被孩子悲痛欲绝的哭叫声抓紧，一种母亲的神圣感促使你开口说道："宝宝，别哭，别哭。听话，好好睡觉。"

那孩子真的很听话，只是不断地抽噎着。

你的眼泪忍不住夺眶而出，顺着脸颊滚落："快睡觉吧，听话，宝宝。"

这时，手机挂断。你被搅得一点睡意都没有，老是想，孩子还闹不闹，孩子的妈妈呢？

大约10分钟后，手机再次响起。你接起手机，听声音还是刚才那个男人："对不起，打扰了。孩子今晚闹得特凶。为哄孩子不哭，我只好在手机上不断地按键说找妈妈，想不到竟打通了你的手机。"

你问："孩子睡觉没有？"

他说："睡了，多亏你，要不还不知道闹到啥时候。"

你又问："孩子的妈妈呢？"

手机里沉默一会儿，说："不知道。"

你惊讶地问："你不是孩子的爸爸吗？你怎么会不知道？"

他顿顿说："我不是孩子的爸爸。这是一个我在路上捡的弃儿。"

你几乎一夜未睡。

几天后的一个晚上，那个男人又打来电话，说："很抱歉，孩子又闹，我实在没办法，求求你再给孩子当一回妈妈，我给你钱！"

你脱口而出："不用，孩子需要母爱，母爱是用钱买不到的。"

你就又在手机里给那孩子当妈妈。说来也怪，哭泣的孩子听到你的声音，哭声由大变小，由强变弱，渐渐不哭了。

从此，隔三岔五，你都要在手机里给孩子当妈妈。有时候孩子在你的声音中睡去，有时候孩子在你的声音中破涕为笑，发出"咯咯咯"的笑声。

从此，你多了一个孩子，虽然你不认识那个孩子，也不知道那个孩子在哪里。

从此，你的手机不再换号。你知道，你换号，有一个孩子就会失去妈妈。

有一天，手机响起，你一看来电显示，马上贴在耳朵上，你刚要说话，手机里传来一个稚嫩的含糊不清的童音："妈……妈……"你惊奇地喊："你叫我妈妈，你叫我妈妈，你会叫妈妈啦！""妈……妈……妈……妈……"孩子什么也不会说，只会发着单音叫妈妈。

一天晚上，孩子打来电话，你刚要说话，孩子说："妈妈，我好幸福。"

你问："为什么？"

孩子说："因为有妈妈的孩子像块宝。"

这时，你却有点不好意思了，什么时候才告诉孩子真相呢？孩子越来越大了。你正这么想，孩子又说："妈妈，我知道你在想什么，我什么都知道了，你就是我的亲妈。"

你心里涌起一股热浪。

孩子说："妈妈，我唱首歌给你听吧。"

你说："好啊，唱吧，我听。"

孩子唱起来：

第一辑 平凡与伟大

生命的笑声

多么熟悉的声音
陪我多少年风和雨
从来不需要想起
永远也不会忘记
……
没有天哪有地
没有地哪有家
没有家哪有你
没有你哪有我

这时候，你已患上抑郁症，夜里经常失眠，这夜你却睡得又香又甜。醒来后，孩子声情并茂的歌声，仍在耳边萦绕。

树上的鸟儿

一个老人和一个小孩常去河边的树林里玩。

有时，他们坐在树林里看河，看河水像万马奔腾般从眼前一闪而过，看河对岸广袤的田野像棋盘，散布在田间的人像满天的繁星，状如棋子，棋圣一个是天，一个是地，像一盘永远下不完的棋。有时，他们走在树林里看鸟，树冠间五颜六色的鸟儿，一会儿飞走，一会儿落下，飞走一群，又来一群。直到脖子发酸，他们才回去。

这日，老人和小孩又来到树林。小孩一会儿在前面追蝴蝶，一会儿在后面逮蚂蚱。老人不停地喊："小心，别摔倒！"

小孩跑累了，回到老人身边说："爷爷，我同学的爷爷死了。"老人说："人总是要死的。"

小孩问："人为什么会死呢？"老人说："人老了，就会死。"小孩问："人死后，到哪里去？"老人说："不知道。"小孩摇晃着老人的手说："快告诉我，快告诉我。"老人想想说："去天堂。"小孩问："天堂在哪里？"老人说："在天上。"小孩抬起头透过树叶的缝隙望望天空说："我就看到白白的云，蓝蓝的天，怎么看不到天堂？"老人说："谁也看不到。天堂藏在很高很高的天里。"小孩问："天堂好不好？"老人说："好。"

小孩说："爷爷，难道你也快去天堂了？"老人沉下脸："瞎说，爷爷怎么会去天堂？"小孩说："不是你说的，人老了就会死，死后去天堂？"老人笑笑："爷爷还没有老啊。"小孩说："怎么不老，你看你的牙齿光光的，头发白白的，背弯弯的。"老人被小孩问住，叹口气默默向前走。小孩摇着老人一只手说："爷爷，我不要你去天堂，我要你永远和我在一起。"老人抚摸着虎头虎脑的小孩说："傻孩子。"小孩眼泪汪汪地瞅着老人的脸说："爷爷，你答应我。"

老人说："好好好，爷爷答应你。"小孩伸出食指说："拉钩。"

老人被小孩逗得哈哈大笑，惊飞了树上几只鸟，同时也伸出了食指。两个食指牢牢勾在一起。小孩一边拉一边念："拉钩上吊一百年不许变。"老人说："到时候，爷爷不死，飞走，还不行吗？"小孩问："飞到什么地方？"老人望望筛子似的天空说："飞到很远很远的地方。等你长大，再飞回来看你。你可不许想爷爷。"

小孩突然说："爷爷，我明白了，你是不是说像树上飞来飞去的鸟儿？"老人说："很对。我们每一个人都像树上的鸟儿，不会永远落在树上不动，总是要飞走的。只是，有的鸟落下的时间长，有的鸟落下的时间短。不过，我们要做不畏暴风雨的海燕，要做搏

第一辑 平凡与伟大

生命的笑声

击长空的雄鹰,要做飞越万水千山的鸽子,要做善良勤劳的燕子,不要做既不想飞高又不想飞远,碌碌无为一事无成的麻雀……"

日子就像河水一样日夜不停地流淌。

有一天,老人没来,小孩一个人来到树林。小孩来后,仰起泪流满面的脸,喊道:"爷爷,你飞到什么地方去啦?快飞回来好不好,我想死你啦!"

后来,小孩变成大人。偶尔,他还来树林。来后,他点上一支烟,看树上的鸟儿,看着看着,就站起来,慢慢地走,一边走一边抚摸着一棵一棵的树自言自语:"爷爷,你飞到了哪里去了?那里好吗?回来看看我啊!"突然,他抚摸着的一棵树说:"孩子,不要问我到哪里去了,我就在你身边,我一直在你身边。我现在已变成一棵树,你就是树丫间跳跃的鸟儿,飞累了就落在我身上歇歇吧。"

他大声喊道:"爷爷!"眼前却什么也没有,原来是幻觉。

再后来,他变成老人。

一位老人攥着一个小孩的手常去河边的树林里玩……

 # 雨 夜

流淌着袅袅炊烟的黄昏。

清晰明亮的世界突然模糊起来。

男人的身影孤独地徜徉飘荡在田野的小路上,他的右边矗立着群山一样的城市,左边散布着几处小村庄,前方连绵起伏的丘陵像筑在天地之间的大堤,后面远远地躺着一条静静的大河。男人被包围在枯枝败叶蓑草谢花丛中。

红红的烟头像萤火虫,在男人手掌上飞舞。男人要走一夜,想一夜。

男人感觉背上像驮着几座大山,腰身驼得如一张弓。男人的脸上刻着几道深深的皱纹,像大地上的沟沟壑壑。男人的脸色如夜般凝重神秘,男人的眸子像两束火苗熊熊燃烧,激烈地跳跃。

男人的思绪已如夜色漫无边际地弥漫氤氲。

爷爷曾经是管辖几千号人的头儿,几千号人的命运掌握在他手上,他俨如一国之君,处处显贵,人人敬仰,何等辉煌,何等风光。曾几何时,人去楼空,灰飞烟灭,没留下一点踪迹,好像什么都没发生过似的。男人仰天长叹,正好有一颗流星划过夜空,倏地消失。

爸爸的人生轨迹,似乎也是那么不平凡,甚至在历史的舞台上演绎得轰轰烈烈,摘取过各种桂冠,获得过很多荣誉,巡回演讲、做报告、典型、榜样……时间是无情的,时过境迁,物是人非,犹如一把大火,把一座辉煌的宫殿烧得干干净净。烟头灼疼男人的手指,掉在地上,很快便化为夜色。

也许他的父辈都曾有过今夜,咀嚼过他们的父辈,也曾思索过生命的数量和质量。他们为什么没成为孔子、秦始皇、曹雪芹、王羲之、爱迪生、伽利略……是历史没有造就成全他们,还是他们连想都不敢想,或是他们缺乏战胜自我和环境的勇气与意志?

男人又一次回忆自己的祖辈、父辈,可是无论怎么回忆,都是虚无缥缈,朦朦胧胧。

男人向前看,是夜;向后看,是夜;向右看,是夜;向左看,是夜。男人觉得好像世界上只有他自己,不由地喟叹:谁知我心?

男人崇拜爷爷,羡慕爸爸,男人又不希望重复爷爷,也不希望重复爸爸,而要走一条自己的路。男人抬头望天,感觉爷爷、

生命的笑声

爸爸都成为夜色,而没成为闪烁的、璀璨的、耀眼的星座。

男人泪流满面……

哪里是北?哪里是南?哪里是东?哪里是西?男人好像迷路的孩子,不由得深一脚浅一脚地东突西冲,不知该往这里走,还是往那儿走,什么东西都看不见。男人感觉眼睛像被蒙上一块厚厚的黑布,全凭感觉,头顶着天,脚踏着地,就是不知道脚该往哪里迈。

往哪里走?往何处去?星星不说,草木不说,一脚出去是万丈深渊还是高山峻岭?无人知道。

无垠的漆黑的旷野中,男人艰难地跋涉,后面有无数只手拽,前面有无数只手推,左面有无数只手拉,右面有无数只手撕。脚下高低不平坎坷曲折,脸上围着好多蚊子叮咬,还有好几只野兽在虎视眈眈……

现在几点了?离曙光还有多久?不知道。还能不能走出黑暗?只有天知道。也许等不到天明你就倒下去,但是,现在停下来,就再也没有希望。

别指望有人来救你,这么黑的夜,谁会来?没有,绝对不会有!只能自己救自己。

男人只有一个信念,勇敢往前走,即使走不到黎明,也要走,毕竟走过!

突然,天上的星星全部消失,男人心惊胆战,毛骨悚然。

不一会儿,电闪雷鸣,狂风大作,大雨倾盆。

闪电似乎要把天空炸碎,狂风似乎要把地上的一切卷走,暴雨似乎要把世界吞噬。

突然,那个高大的男人倒下去,倒在水流成河的荒野里,一只尾随着的狼,趁机扑过去,但是男人又顽强地站起来……

男人在泥泞的路上,趟着水,冒着暴风骤雨,跌倒了爬起来,再跌倒,再爬起来……

第 二 辑 **上帝的魔术**

生命的笑声

最宝贵的财富

赵一记得很清楚,那年他八岁,跟爹去赶集,当路过水果市时,馋得他直淌口水。

他拽着爹的衣角说:"买个梨吃,烂的也行,我尝尝是啥味道!"

他爹抚摸着他黄黄的头发说:"咱家穷。"

他只好从地上拾起一个梨核,吹掉上面爬满的蚂蚁,放进嘴里细细咀嚼。

他一边嚼得"滋滋"响,一边扬起脸说:"真香啊!"

那件事,给他幼小的心灵留下了一生抹不去的烙印。也就是从那时起,他明白了,钱是多么重要,没钱可以饿死人,没钱可以逼死人,没钱连条狗都不如。他发誓长大后非大把大把挣钱不可的种子,就是这样埋下的。

赵一后来确实挣了钱,靠做豆腐挣的。他做的豆腐,下锅时啥样,出锅后仍是啥样,不碎不烂,吃到嘴里格外香。"赵家豆腐"名扬四方,供不应求。

尽管他有的是钱,自己却舍不得吃,舍不得喝,舍不得花。对一个人却例外,那就是他的儿子。因为他永远忘不了自己的童年。

当他的钱快要装满第三麻袋时,换了人间,钱也就变成了废纸。

赵一躺在麻袋上哭了三天三夜,在一个月黑风高之夜,一走了之,从此,生不见人,死不见尸。

赵一的儿子赵二有心将麻袋一把火焚之,又觉得对不起爹一辈子的心血,就悄悄地把它们藏在了一处闲屋里。

赵二过惯了纨绔子弟衣来伸手、饭来张口、寄生虫似的生活，却一下子从天上掉到地上。他过不下黄连般的苦日子，渐渐染上打家劫舍偷鸡摸狗的恶习，让人家打断了一条腿。

时光荏苒，转眼赵二的儿子赵三能打酱油了。

赵三从小爱收藏糖纸、烟盒之类的物件，大些又喜爱上了古钱币，渐渐攒下了两大集子。

一天，赵三把集子拿出来炫耀。

赵二说："啥破玩意儿，不能吃不能喝！"

赵三说："这你就不懂了。"接着，他就头头是道地对爹讲，这一张值多少钱，那一张值多少钱。

赵二听得目瞪口呆："真的？"

赵三说："真的。"

赵二说："咱家有的是这玩意儿。"

赵三不信。

赵二就把他领到那处闲屋里，指着那三条麻袋说："你拆开看看！"

赵三拆开一看，大喜过望，连连说："我们家要发啦！"

一夜之间，赵家从穷光蛋变得富得流油。

有了钱，赵三不再收藏了，整天在外花天酒地，寻欢作乐，不务正业，直到吸毒、贩毒，最终被判死刑。

赵三死后，赵二把近亿的钱全部捐献社会。赵二奄奄一息之际，他孙子赵四趴在病床边说："爷爷，那么多钱你怎么不给我留下啊？"

赵二大口大口喘着气说："你长大后，别因为穷而悲伤。对于一个普通的人来说，没钱正是好事。一辈子什么也不想，就想着挣钱，挣钱来干什么？挣钱吃饭，挣钱穿衣，挣钱养家糊口。要想挣钱就要劳动，劳动有时虽然劳累，但却使你充实，使你健壮，使你心无旁骛，笃定专一，想想这是多么快乐有意

生命的笑声

义的事情。假如让一个胸无大志的人，生而有钱，真是害了这个人，他只想着怎么玩，什么好玩、玩什么，直到玩死。假如人人生而有钱，人人在玩，人类不会进步，世界不会变化。所以，上帝在创世之初，早就深思熟虑，必须让大多数人贫穷，让大多数人终日劳碌。想想也很可笑，人类因为钱的驱使，在前边千辛万苦地建设，上帝在后面微笑地跟着，当看到人类把城堡建起来时，便伸出一只手推倒。人类只好又在一片废墟瓦砾上重建。人闲着可不是件好事。人闲着会乱得上帝也管不过来！假如日后你通过劳动挣来很多的钱，你也别用来挥霍享受，要去施舍、去资助、去捐款！当你衣食无忧的时候，千万不能沦为钱的奴隶，当守财奴，要去成名成家，政治家、科学家、作家、画家……都可以！你会从中体验到生命的乐趣，生命的意义，生命的价值！记住，将来假如你有了很多的钱，当你发现你的孩子胸有大志，你就把钱留给他，当你发现你的孩子胸无大志，你一分钱也别给他留下，让他自己去做一辈子挣钱的游戏吧，让你的孩子在困苦中得到升华！这就是我留给你最宝贵的财富！"

奇迹

在你眼里，父亲是渺小的、无能的。

你看不起父亲的原因再简单不过：熬了一辈子，什么都没混上。

你羡慕一位同学，他父亲是单位的一把手，你的同学虽然没考上大学，却照样上了大学，照样进好单位；你羡慕一个同事，他父亲是一位赫赫有名的大老板,虽然你的那位同事啥本事也没有,却照样入党,照样当官;你羡慕一个朋友,他父亲是……

你曾经忍无可忍地刺激父亲:"你看人家的父亲!"

父亲总是憨厚慈祥地笑笑。有时,你分明也看见父亲扭过头时,苍老的眼里渗出的一滴泪水。

你发誓绝不做父亲那样的人,一定要干出一番轰轰烈烈的事业,让全家人过上风光的日子。

你从踏进单位的那一刻起,便憋足劲,一定要出人头地。

你见到领导满脸堆笑,点头哈腰。瞅机会,你就非常委婉地说,希望领导提拔提拔。领导也非常委婉地说,要想得到提拔,必须工作成绩特别突出。

你把领导的话铭记在心,埋头苦干,任劳任怨。几年下来,你收获了一大堆荣誉称号。你抚摸着那一个个红彤彤的证书,很激动,心想这回总算有了高升的资本。

你就去找领导。不料,领导又说你没有文凭。

你想想也是,这年头没有文凭怎么行呢?

回去后,你便刻苦学习,废寝忘食。几年后,你捧回梦寐以求的高等教育学历证书。你想这回总算熬出来了。

你就又去找领导。不料,领导又说条件不成熟。你还想问问什么条件不成熟,又怕把领导问火了,便没敢多问。

连别人说带你自己琢磨,你终于悟出,当官起决定因素的不是别的,而是关系。你是外地人,要想有关系,只有靠送礼。

你开始送礼,烟酒糖茶,金银珠宝……你把辛辛苦苦省吃俭用挣的钱,用来送礼。

你的诚意终于打动了领导的心,领导答应下次竞聘时,一定提拔你。

这一天终于盼到了,按程序进行演讲、答辩、投票。可结果却是竹篮打水一场空,你因得票少,落选。更令你意想不到的

生命的笑声

是，原来领导那是给你摆的空城计，根本就没打算提拔你，主要原因还是你身后没有个"能爸爸"，对他没有用处。直到这时，你才恍然大悟，领导为什么没有当众唱票公布票数，而是抱着投票箱走了。

你感到奇耻大辱，在家卧床不起，感觉四大皆空，万念俱灰。

父亲走到你身边，说："我什么都知道了，孩子！我似乎又看到当年的我了。其实谁不想干一番事业，谁甘心屈于人下，可干事业吧，闹不好就会令人失望或者精神错乱。有时奋斗一生，却是竹篮打水一场空。你可能从小就看不起我，我从来不谈希望你将来成为多么了不起的人物，其实我那是不想让你活得太累，不想给你太大的压力！想开点孩子，名利都是身外之物，生不带来死不带去，苦也罢甜也罢，只要活着就是胜利，冷也好热也好，存在就是奇迹！"

多年以后，你同学的父亲和你的同学东窗事发锒铛入狱，你同事的父亲和你的同事债台高筑下落不明，你朋友的父亲和你的朋友坑蒙拐骗家破人亡，你战友的父亲和你的战友不务正业一贫如洗……

你和你的父亲却像原野上一棵无人知道的小草，静默地生活，野火烧不尽，春风吹又生！

生活公交车

每天早上，她和他坐公交车上班。

她乘29路往西去，他乘38路往东去。一去一天。晚上，她乘 29 路从西面回来，他乘 38 路从东面回来。黄昏时分，俩人踏着夕阳，手挽着手喁喁私语。虽然工资都不高，他们却也夫妻恩爱苦也甜。

也许是上帝嫉妒她和他太恩爱，所以给他们出了一道难题。

她失业了。

她确实有点措手不及，招架不住。她抚摸着一大摞荣誉证书难过得要死。难过归难过，她在丈夫面前一点都不流露，像没事一样。早上照样去上班，只是下车后，她便沿着人行道踯躅，看着一个个进进出出上班的人，羡慕不已。她想自己要是有个单位上班该多好啊！这时候她才开始深刻思考，为什么那么多人强迫自己的孩子努力学习，考一个好大学，找一个好单位。

她在人行道上徘徊几天后，拿出一个马扎坐在马路边上给人擦皮鞋，擦一双收几元钱。否则又有什么办法呢？刚开始她总是低低地勾着头，还戴个口罩，生怕熟人看见，一旦碰见简直难为情死了。慢慢地她习惯了，不再低着头，一点一点地抬起头，皮鞋也擦得又快又亮。

还是在每月发工资的日子，她把辛辛苦苦挣的钱拿回家，交到丈夫手里。

他问："你怎么黑了、瘦了？"

她笑笑说："工作太忙。"

他心疼地说："再忙也要注意身体。"

她差点泪如泉涌，赶忙背过身去装作拿东西。

后来，他也失业了。

尽管心情沉重，他却装出一副若无其事的样子。他不愿给妻子的心灵蒙上一层阴影，他希望天天看到她快快乐乐的样子。

他找了个没人的地方，一边流泪，一边咀嚼多年以来，自己勤勤恳恳兢兢业业的日子。男儿有泪不轻弹，只因未到伤心处。他感叹完生活的残酷、命运的多舛，开始琢磨该干点什么。

生命的笑声

他发现自己除了有一颗善良的心之外，什么都没有。他突然想起小时候，曾经跟着爸爸修皮鞋，便找了个地方修鞋，在那里碰不见熟人。尽管如此，他还是把头低到与身体成一个直角。

也是在每月发工资的日子，他面带笑容把辛辛苦苦挣的钱拿回家。

她说："你的手咋变得这么粗糙？"

他笑笑说："换了一个工种。"

她说："别累着。"

他掉过头去说："没事，没事。"

他和她还是和往常一样，早上分手去上班。她乘29路往西去，他乘38路往东去。一去一天。晚上，她乘29路从西面回来，他乘38路从东面回来。黄昏时分，俩人踏着夕阳，手挽着手喁喁私语。

只是，他不知道她在给别人擦鞋，她也不知道他在给别人修鞋。在他修的无数双鞋中就有她擦过的鞋，在她擦过的无数双鞋中就有他修过的鞋。

多年以后，他成为这座城市的修鞋大王，她成为这座城市的擦鞋大王。

一年，市里召开"自强不息再就业"表彰大会，她早早去了，他也早早去了。俩人见面大吃一惊。他红着眼圈说："原来擦鞋大王就是你？"她热泪盈眶地说："原来修鞋大王就是你？"

# 上帝的魔术

你迷迷糊糊从梦中醒来，分不清躺在哪里，眼睛似乎蒙上一块黑布，什么也看不见，仿佛天地之间的任何事物都被夜的手抹去了，感觉赤条条地躺在无垠的旷野中。

也不知道几点了，你睁着双眼没有一丝睡意，好多稀奇古怪的念头，犹如一大群鸟儿从遥远的天际翩翩飞来，盘旋在你头顶，无论如何也驱赶不走。按说，你这个功成名就的人物，通常给别人指点江山，不应该这样的。

你想与人谈谈，却无人能和你谈谈。

你爬起床，穿上衣服，坐在书桌前，打开电脑，登录QQ，输入账号和密码，眼前马上出现了你那些密密麻麻的好友，究竟有多少，你数不过来了，好像进入了另一个五彩缤纷的世界。

只是你都不想和他们谈，你想与上帝谈谈。

是梦幻？是现实？是天堂？是人间？谁能说清楚？

你移动鼠标，点击"查找"。虽然很晚了，QQ上的人仍然很多，在线人数竟然高达几亿。你点击"精确查找"，在昵称中输入"上帝"，然后点击"查找"。查找了一会儿，上帝真的出现了。

你：尼采很早不就说上帝死了吗？

屏幕上很快跳出一行字：上帝又复活了。

你：上帝复活了，我却想去死啦！

上帝：你为什么想死呢？

你：我的股票恐怕一辈子解不了套了，我怀疑老婆跟别人睡觉了，我被单位辞退了。再说大地震、海啸、空难、车祸、战争、瘟疫、疾病无时无刻不吞噬着人的生命。这种天灾人祸说不定哪天降落到我的头上。我还听说了一件更恐怖的事，2012年是

生命的笑声

地球的末日年。你说我还拼死拼活地忙活个什么劲呢?我还活着受这份罪干什么呢?

上帝:你说的不是没有一点儿道理,可你干吗那么悲观呢?股票不一定解不了套,你老婆不一定跟别人睡觉,单位可以再找,还可以去创业。那些不幸永远不会降临到你的头上!

你:你能保证它不会降临到我的头上吗?

过了一会儿,上帝说:能,绝对能!

你:你是在安慰我吧?

上帝:你相信上帝是万能的吗?

你:我相信。

上帝:这不就行了嘛。

你:关键你是不是上帝?

上帝:怎么样你才相信我是上帝?

你:让我见见你。

上帝:你听说过世界上有人看见过上帝吗?

你:没有,所以我才说你不是上帝。说好听点儿你是安慰我,说不好听点儿你是在骗我。

上帝:我真是上帝,我还真能让你成为人类看见我的第一人。

你:那好啊。

上帝:不过,你要答应我一个条件。

你:你说。

上帝:你要打消死的念头,得一直活下去,一直活到你不是故意死亡的最后一刻,我会让你见上我一面的。

你:为什么这么晚,早见面不行吗?

上帝:早见不行,越晚越好。我是人类最大的秘密了。我不能揭开我神秘的面纱。

你:你说话算数吗?

上帝:肯定算数。

你：假如你说话不算数呢？

上帝：人们都说"人死了，去见上帝"，是吗？

你：是啊。

上帝：这不就行了吗？不是你生前见上我，就是死后见上我，早晚总能见上我。假如我骗了你，你死了见了我，我把位置让给你，或者随便你怎么办都行。

你：行，这主意不错。为了能见到上帝，我会好好活下去。

某年某月的某一夜，你醒来后，世界正处在惊涛骇浪之中，乌云笼罩，狂风呼啸，大雨倾盆，一切似乎都在摇摇欲坠。你又失眠了，你又想起了上帝，打开电脑，登录QQ，你毫不犹豫地打上一句连你也感到吃惊的话："我想和上帝谈谈！"

上帝很快出现：什么事？

你：都说人为财死，鸟为食亡，到底是钱重要还是命重要？

上帝：当然是命重要。想想看，虽然人生下来就要吃喝，没有钱就没有衣食住行，没有钱有病不能治，所以有钱才有命。但是，钱，却需要用命去挣！有生命才能有钱。

某年某月的某一夜，你又失眠了，你又想起了上帝，打开电脑，登录QQ，你毫不犹豫地把你那一大堆问题，像赶鸟儿一样地往上帝那儿赶。

你：人一辈子忙忙碌碌能留下什么呢？

上帝：平凡的人活一辈子留下后代，非凡的人一辈子不但留下后代，还留下财富。

你：人为什么活着？

上帝：有人为自己，有人为家人，有人为企业，有人为民族，有人为国家……

你：你呢？

上帝：为人类。

你：怎么活着才有意义？

生命的笑声

上帝：有人说奉献，有人说索取，有人说创造，有人说在于修炼灵魂，还有人说是为了比出生时有一点点进步……

你：当不上官的都是没本事的吗？

上帝：当上官的都是有本事的，有本事的不一定当上官。

你：世界上好人多还是坏人多？

上帝：真正的好人很少，真正的坏人也很少，绝大部分处于中间地带。

你：怎么区分好人与坏人？

上帝：好人死了，哭的人多；坏人死了，笑的人多。

某年某月的某一夜，你又醒了。窗外大雪纷纷，北风呼啸。这一次你没有坐到电脑前，而是躺在被窝里，用手机登录QQ，你惊喜地发现上帝在线上，更令你惊喜的是上帝也在用手机登录QQ。你飞快地打上一行字："我想和上帝谈谈！"

上帝：我是全人类的上帝，不是你一个人的上帝，你如果什么事都找我聊聊，那么多等着我度化的人怎么办？

多年以后，你就要老死了，一桩心愿没有了却，一直不能闭眼。你不停地喁喁自语："上帝你骗了我吗？让我看你一眼吧！上帝你在哪里？"

突然，你的手机响起，别人把手机搁在你耳朵上，一个陌生而又熟悉的声音说："还记得几十年前我对你的保证吗？人从来世到去世，都是在体验各种各样的苦和乐，在幸运与不幸的浪潮冲刷中，不屈不挠地活着！你就是你的上帝，上帝就是你！上帝在你心中！上帝没有骗你！"

海之语

黄昏,一个男人坐在一块礁石上。

哗啦——哗啦——浪涛拍打着礁石。

男人说:"我没脸再回去了。"

哗啦——哗啦——浪潮汹涌地奔来,奔来,奔来……

男人又说:"我只有投进大海的怀抱了。"

哗啦——哗啦——浪花迟迟地后退,后退,后退……

男人还说:"大海你要我吗?"

哗啦——哗啦——浪尖高高地扑来说:"为啥,为啥,为啥?"

男人不再说话,只是狠命地抽烟。

哗啦——哗啦——海水缓缓地流着说:"这不是你的错,即使是你的错,还可以从头再来。"

男人又点上一支烟,昏暗的夜色从波诡云谲的大海深处远远地越滚越近。男人说:"我是抱着多么大的希望,背井离乡来到这海滨,想拼搏上几年衣锦还乡,荣归故里,甚至还想过从此就是这里的人了。想不到才这么短的时间,我就要两手空空地回去了,我无脸回去啊。我万万没想到这看上去又干净又美丽的海滨,人却是最肮脏、最龌龊、最卑鄙的。"

哗啦——哗啦——涛声慢慢缩着,慢慢说:"多一分挫折多长一分见识,多碰到一个坏人多一分成熟。"

男人被夜染黑了。男人脱口而出:"黑夜给了我黑色的眼睛,我却用它寻找光明。我是那么卖命地干,我是那么小心翼翼地做人,没想到到头了,还是被卸磨杀驴,我是多么不幸!"

哗啦——哗啦——潮声悄悄地来到男人的脚边,悄悄地说:"幸运和不幸,命中注定,因为谁都有幸运与不幸的时候!一

生命的笑声

个人首先要过置名利于身外的关口,再就是要置生死于身外的关口,这样才活得超脱豁达从容!一个人一生的命运,其实与整个人类进程,整个社会历史,整个民族发展,整个家族变迁有着密不可分的联系。"

男人坐在一块礁石上,似乎是一块礁石上的礁石,男人说:"怎么可以这样?"

哗啦——哗啦——海浪急急地涌上来说:"一个人的一生其实是历史长河中短短的瞬间。每个人是历史链条中的一节。不必太在意。"

男人站起来面对苍茫的大海泪流满面地说:"人的命运究竟是掌握在自己手里,还是掌握在上帝手里?"

哗啦——哗啦——大海匆匆地收缩着说:"不妨打个比喻,把一个人的一生,比作一个人某年某月的某一天,要出门办一件事,假如这天风和日丽,那么这个人的这一天或者一生,将是幸运的;假如这一天风雨交加,那么这个人的这一天或者一生,将是艰辛的。但是不能因为这一天艰辛就放弃以后的日子啊,说不定明天会是风和日丽的日子。"

男人喟然长叹道:"难道活着就没有必要奋斗吗?"

哗啦——哗啦——大海轻轻地走过来说:"不是一个人想不想奋斗的问题,而是不奋斗不行,要生存就要有奋斗!不然,怎么活下去?记住,不努力是你的错,不成功是上帝的错。"

男人站在礁石上岿然不动,沉默不语。男人望望天,天上的颗颗繁星,一会儿明一会儿暗;男人望望海,海上的点点渔火,一会儿大一会儿小;男人低头看看手上的烟头,烟头上的颗颗火星,一会儿亮一会儿灭。

海风像一个被扎破的大气球,呼呼地吹着。

寻 找

周末,妈妈很晚回到家。儿子还没有睡,正在客厅里玩积木。妈妈换上拖鞋,刚坐到沙发上,儿子就跑过来,搂着妈妈的脖子说:"妈妈,我和你说件事行吗?"

妈妈说:"行,你说。"

儿子说:"明天,你带我去爬高山。"

妈妈说:"不行。"

儿子摇晃着妈妈的脖子说:"求求你,妈妈。"

妈妈说:"明天妈妈忙,等下一个礼拜好吗?"

儿子挺认真地说:"你可不能骗人。"

妈妈说:"不骗人。"

又是周末,妈妈很晚回到家,儿子还没睡,抱着妈妈一条腿说:"妈妈,你答应过明天带我去爬高山。"

妈妈说:"妈妈忙,没空。"

儿子撅起小嘴巴说:"你骗人,你……"

妈妈蹲下身抱起儿子说:"下礼拜,一定去,好不好?"

儿子说:"你可不能再骗人。"

妈妈说:"再骗人,你就别再叫我妈妈。"

又是周末,妈妈很晚回到家,儿子从床上爬起来,嘴巴凑在妈妈耳边,悄悄说:"妈妈,明天你还忙吗?"

妈妈笑笑说:"忙,能不忙吗?不过再忙也要去,不然以后没有人叫我妈妈了。"

翌日,妈妈带着儿子爬上高山。高山其实并不高,只是一座小山,在城市的南面。一株株树就像人身上的汗毛,密密麻麻有规则地排列着,把小山装点得从头绿到脚。山顶上有一座

生命的笑声

红色的凉亭，远远望去像给小山戴上了一顶红帽子。

妈妈站在凉亭里，俯瞰着山下沸腾的城市。儿子在山顶上跑来跑去捡石子，往山下扔，偶尔惊起几只小鸟，儿子便高兴得咯咯直笑。

儿子玩够了，回到妈妈身边，仰着头说："妈妈，我问你一个问题。"

妈妈说："你问吧。"

儿子说："你每天都那么忙，到底忙什么？"

妈妈几次张嘴又把话咽回去，一时竟不知怎么回答。从来没人这样问过，她也从来没想过。

"快告诉我，妈妈。"儿子催促。

妈妈沉思半晌说："妈妈，忙着寻找。"

儿子问："寻找什么？"

妈妈说："寻找生活。"

儿子又问："寻找什么生活？"

妈妈像是对儿子说，又像是对自己说："有人寻找物质生活，有人寻找精神生活，还有人两种生活都寻找。"

儿子似懂非懂地点点头，又问："为什么要寻找，不寻找不行吗？"

妈妈抚摸一下儿子的头说："假如一个人丢失东西，要不要去寻找？"

儿子答："要。"

妈妈又说："假如你想要一个东西却没有，要不要寻找？"

儿子答："要。"

妈妈和儿子都陷入思索中。

好久，儿子才说："妈妈，我长大也要寻找吗？"

妈妈说："要。"

谁能辅佐天子

管仲再次从昏迷中醒来,见齐桓公正守在自己的病榻前,便挣扎着欲起身。

齐桓公急忙用双手按住,老泪纵横地说:"寡人九合诸侯,一匡天下,众望所归,成其霸主,还不是多亏卿家的辅佐。寡人真担心卿家离开啊。"

管相国呻吟几声说:"我也舍不得离开主公啊,可是上天非要叫我去,我又奈何呢?"

齐桓公擦擦泪水说:"若卿真要弃寡人而去,拜谁为相合适呢?"

管仲咳嗽着说:"主公想拜谁为相呢?"

齐桓公说:"德高望重的鲍叔牙是最合适的人选。"

管仲说:"鲍叔牙心底无私,严于律己,一身正气,两袖清风,确实令人钦佩,但不适合当相国。"

齐桓公颇感惊讶地问:"为什么?"

管仲说:"水至清则无鱼,人至察则无徒。一个过于以身作则的人,也会要求别人一尘不染、完美无缺,别人一旦有所闪失,就会耿耿于怀、小题大做,不能容忍,不肯宽恕。可是谁敢保证自己天长日久不犯错误呢?而且做事越多的人错误越多。这样谁还愿意为国多做事呢?谁还愿意为民多做事呢?人人都会不求有功但求无过,这对一个国家来说是很不利的啊。"

齐桓公又问:"周朋可以吗?"

管仲沉默半晌说:"周朋八面玲珑,无所不能,无所不会,人人都说他好,也颇受主公的宠爱,但不可为相。"

齐桓公问:"为什么呢?"

生命的笑声

管仲说:"周朋能说会道,世故圆滑,才博得上上下下的信任,才获得里里外外的好评。但这种人没有原则性,凡事都当和事佬、老好人,不愿得罪人,惯用的伎俩是欺骗;遇到困难和麻烦就会推诿扯皮,不愿承担一点儿责任,也不干正儿八经的实事。"

齐桓公再问:"易牙为了让寡人尝尽人间百味,不惜杀掉唯一的儿子烹饪给寡人吃,爱寡人胜过爱子,总可以为相了吧?"

管仲说:"天下最深的感情莫过于父子情,易牙连自己的儿子都不疼,他还疼谁呢?即使疼也是具有功利性的,同时可见他是多么自私,多么无情,怎么可以为相?"

齐桓公还问:"竖貂为服侍寡人自施宫刑,重寡人胜过重自身,总可以为相吧。"

管仲说:"人最爱惜的莫过于自己的身体,为服侍主公,把自己的身体弄残,是不是有点儿灭绝人性呢?"

齐桓公继续说:"开方为寡人几十年不回家探母,敬寡人胜过敬母,也不能为相吗?"

管仲说:"一个不孝敬父母的人,对谁都不会忠心耿耿。"

说到这里,管仲有点儿上气不接下气,轻轻地闭上了眼睛。

齐桓公迫不及待地问:"到底谁可为相呢?"

管仲没有回答。

齐桓公焦急地等待着,管仲却再也没醒过来。

灵　魂

"听众朋友，你们好，我是欣欣，感谢收听我们的节目。请把你的烦恼说出来，我们为你排忧解难；请把你的快乐说出来，我们与你共同分享。请马上拨打热线电话：9876543。"

每天午夜时分，是欣欣主持的"排忧解难"节目。在无数的听众中，勇是她最忠实的听众之一，他天天盼望午夜快快到来，来了就不要再走。

勇每天都坐在黑暗中，捧着收音机收听节目。每天快午夜时，勇便把手搁在电话机上，准备给欣欣打电话，却每一次都抢不上，不是占线，就是打错。但他没有灰心，相信总有一天会打通。为此，勇每天都用手按在电话机上，寻找那一个个数字的准确位置。

这次，欣欣的话音刚落，勇就娴熟地拨上了电话号码。

"喂，这位朋友您好，我是欣欣——"

啊，终于打通了。勇激动得语无伦次，一时不知怎么说才好。

"喂，请讲话好吗，这位朋友？"

勇竟忍不住轻轻啜泣起来："呜——"

"不要哭，有什么伤心事，说说好吗？"欣欣边说，边轻轻播放起一首老歌：请让我来帮助你，就像帮助我自己，请让我来关心你，就像关心我自己……

程琳略带忧伤的嗓音，在这静静的深夜里，轻轻拨动着每一个人的心弦。

"欣欣，你主持的节目太好了，我每天都听。你知道我的遭遇吗？在一次见义勇为的搏斗中，歹徒刺伤了我的双眼，我的眼睛从此失明。爸爸妈妈带着我跑遍了大小医院，花光了所有的积蓄，也没有治好，就是因为没有可以移植的眼角膜。我渴望重

生命的笑声

见光明,如果真能复明,再碰到犯罪的事,我还要见义勇为。尽管别人笑话我痴,说我傻,但我仍然要挺身而出,假如这个世界没有一点儿正义,那将是多么可怕啊……"

欣欣似乎受到感染,用略带伤感的语气说:"我对你的遭遇非常同情,我想电波已把你的不幸,传向四面八方,会有好心人帮助你的。"

"会有吗?"

"会有的,你要好好生活,总有一天会有好心人帮助你重见光明。"

"真的会有吗?"

"真的会有,就像生活中真有你这样的人一样。"

……

几个月后,勇真的重见光明了。在拆开白纱带的一刹那,勇简直不相信自己的眼睛,阳光、蓝天、白云、绿地……眼前的一切是如此美不胜收,就像久别重逢的朋友,陌生而又熟悉,说不清是世界站在他面前,还是他站在世界面前。

勇自言自语:"这是真的吗?不是在做梦吧!"

妈妈笑着说:"是真的,不是做梦。"

勇问:"是谁的眼角膜?"

爸爸默默地递过来一封信。勇迫不及待地打开,只见信上写道:

朋友:

你好!

我是一个罪犯,干过不少坏事。我小时候是一个好孩子,那个时候这个世界在我眼里全是善良与高尚。可是长大后,世界在我眼里变得越来越肮脏、丑恶。我不相信还有真善美,认为人人都是自私自利的,只要能搞到钱,就不管采取什么手段。人间不是天堂,而是地狱。我就是出于这样一种世界观、人生观和价值观,才一步步走向深渊的……我在越狱逃跑的出租车上,从收音机里听到了你的悲惨遭遇,感受到了你高贵的人格,深深被你打动。我开始深深地忏悔,我的灵魂要我重新做人。我知道法律是无情的,我愿意接受法律的严惩——我干的坏事太多,足够判两次死刑了。

在我返回监狱的路上,就决定要把眼角膜献给你。其实你眼睛的复明,就是我灵魂的复活。你眼前的一切就是我眼前的一切,希望你永远把人往好处想,永远热爱这个世界,永远有一颗善心,不管遭受多少欺诈和磨难,让爱心永驻人间……

人生之旅

说不清为什么,你总是感到很痛苦。你不知道别人是不是也痛苦,就跑去问别人。

你问 A:"你痛苦吗?"

A 说:"我痛苦。"

你一惊,说:"你有什么痛苦?你看你年轻有为,前途无量啊。"

A 就叹口气:"那有什么用,我想要个儿子,可偏偏生个闺女。"

你又问 B:"你痛苦吗?"

B 说:"我比你痛苦。"

生命的笑声

你感到不可思议："你莫不是笑话我吧,你看你有一个活泼可爱的儿子,这是多少人想有却没有的事啊!"

B沉默片刻说："我妻子失业无所事事,你说我能不痛苦吗?"

你再去问C："你痛苦吗?"

C苦笑几声："怎么不痛苦!"

你困惑地说："你看你有一个宝贝儿子,全家都在好单位上班。"

C摇摇头说："一言难尽,我身患一种无法医治的疾病,你说我痛苦不痛苦?"

你还不服气,再去问D："你看你全家没有下岗的,还有一对龙凤胎,身体又那么好,难道也有痛苦吗?"

D苦笑几声说："你不知道我多痛苦,儿子不务正业,三天两头给我惹是生非,还不如没这个儿子。女儿也不争气,学习成绩总是倒数几名。唉,不说不要紧,越说我越气!"

你不想再问下去。你发现每一个人都很痛苦,弄不明白这是为什么,便想出家——跳出三界外,不在五行中,这样不就没有痛苦了吗?

你来到普陀山,要削发为僧。

老方丈问："为什么要出家?"

你说："为没有痛苦。"

老方丈笑笑说："出家人也有痛苦。"

你大吃一惊："真的?"

老方丈点点头。

你说："那我就去死。"

老方丈哈哈大笑："你连死都不怕,还怕痛苦吗?再说死也有痛苦。"

你给老方丈磕了一个响头:"请师傅告诉我怎么才能没有痛苦。"

老方丈说:"要我告诉你办法,我就告诉你,答案就在书里。

古人言，书中自有天与地，书中自有情与理。"

你连忙问："在哪本书里？"

老方丈说："在古今中外的每一本书里。记住，你读书越少痛苦就越多，读书越多痛苦越少，直到一点痛苦也没有。"

你问："灵吗？"

老方丈说："不灵再来找我。"

你回去后半信半疑地打开一本书，如饥似渴地读起来。读完第一本书，痛苦果然少一点；读完第二本书，痛苦又少一点；你又拿起第三本……

最后，你感到没有一点痛苦了，因为通过博览群书，你领悟到人的欲望是无限的。但是，人的欲望不可能得到无限的满足……所以，人才感到痛苦！

这时候，一个年轻人跑来问你："你痛苦吗？"

你说："我不痛苦。"

年轻人问："为什么？"

你说："不为什么。"

年轻人说："看来你是真老了。"

你盯着年轻人急匆匆离去的背影，自言自语地说："多像年轻时的我啊！"

生死抉择

齐景公正在书房里摇头晃脑地读《关雎》："关关雎鸠，在河之洲；窈窕淑女，君子好逑……"

晏婴一挑门帘进来，说："参见主公。"

齐景公合上书说："卿家来了，坐、坐。"

落座后，齐景公笑眯眯地问："在齐国，哪个女人最丑？"晏婴答："老朽之妻。"齐景公不禁一笑，又问："哪个女子最美？"晏婴答："主公的公子。"齐景公哈哈笑了一阵，说："看来是无人不知无人不晓啊，知道寡人今日为何叫卿家来吗？"晏婴摇摇头说："老朽不知。"齐景公点点头说："寡人欲将公子嫁于卿家为妻，卿家意下如何？"

晏婴惊得一阵头晕目眩，好半天才缓过神来，说："这、这、这……"

齐景公看看晏婴说："难道寡人的公子配不上卿家？"

晏婴急忙说："不是、不是，主公的公子正值豆蔻年华，聪明伶俐，上知天文下知地理，琴棋书画样样精通，下嫁老朽只怕误了她的青春。"

齐景公不以为然地说："寡人不嫌卿家老，哪个敢嫌？卿家不必多虑，看看文武百官哪个不是妻妾成群？难道唯有卿家没有爱美之心吗？"

晏婴说："恐怕她会不高兴吧。"

齐景公说："爱女对卿家仰慕已久，只盼早日与卿家共牢合卺。"

晏婴说："老朽与妻几十年来举案齐眉，相濡以沫，情深意长，还望主公开恩，收回成命。"

岂料，齐景公勃然大怒："好不识抬举！寡人将爱女赐你，正是念你对寡人忠心耿耿，为齐国立下汗马功劳，而你不但不感激在心，还敢拒婚？"

晏婴说："别的事老朽赴汤蹈火、粉身碎骨也在所不辞，唯有这件事实难从命，还望主公念老朽若干年来鞍前马后、没有功劳有苦劳、没有苦劳有疲劳的份上，网开一面，成全老朽夫妻白头偕老。"

齐景公拍案而起，说："你知道有多少达官贵人向寡人的公子求婚吗？你知道有多少英俊才子爱慕她吗？寡人都没应允，可你……寡人真不明白你那个又老又丑的夫人有什么恋头。"

晏婴说："容老朽慢慢道来。妻年轻时在当地是最美的女子，老朽当时是最无能、最丑陋的男子，向妻求爱的人很多，可妻却冲破种种阻挠和干涉，毅然决然地嫁给老朽。妻当时提出的唯一一个条件，是将来不要因为她年老丑陋而遗弃她！老朽当时答应海枯石烂、地老天荒不变心，怎么可以违背当初的诺言，背叛妻呢？"

齐景公不依不饶地威胁说："难道你的诺言比寡人的命令还重要？你知道违抗本公要治何罪吗？"

晏婴说："知道，死罪。"

齐景公说："那好，你选择吧，是选择违抗寡人以死罪论处呢，还是放弃你的诺言娶寡人的爱女为妻。"

晏婴低下头沉思，在决定生死的时刻，仿佛空气都停止流动。

突然，晏婴"扑通"一声跪在地上说："老朽宁可死，也不违背诺言。"

不料，齐景公上前双手搀扶起晏婴说："卿家请起，卿家请起。卿家连这么丑陋的妻子都不愿背叛，怎么会背叛寡人呢？看来关于卿家谋反的传闻，都不过是栽赃陷害罢了。"

这回轮到晏婴一头雾水了。

第三辑 一只有梦想的青蛙

生命的笑声

1948年的表

熄灯号吹响,正在埋头翻找东西的吴发突然大声嚷嚷:"先别关灯,咱班里有小偷!"

这句话不亚于一声霹雳,震得一屋人瞠目结舌,大家都拧着脖子问:"你怎么知道的?"

吴发气呼呼地说:"看电影前我搁在桌子上的手表不见了。"

屋里霎时陷入一片沉默之中。

不久,士兵们七嘴八舌地辩白——"我没见","我可没拿","我也没见","我更没见"……

吴发说:"都没见,难道它插翅膀飞啦?"

有人提议:"搜身检查!"

"对,搜身!"

一呼百应,一声高过一声。

宿舍内霎时群情激愤,剑拔弩张。

正在这时,老班长站起身说:"先不忙搜身,我讲一个故事给大家听。"

老班长在床边坐下,示意大家都坐。他扫视了一遍那一张张略带稚气的脸庞,用他那特有的口吻说道:

1948年,我们的部队攻克了一座城市,城内的居民已被吓得逃到了城外,整座城市静悄悄的。战士们开始挨家挨户地搜查,看看有没有残余的敌人和武器弹药之类的东西。但是都没有,只是有的房内摆着漂亮的花被,有的房内放着崭新的皮包,有的房内挂着昂贵的衣服,有的房内放着好看的皮鞋……穿着草鞋的战士们,在数九寒天,虽然衣着单薄,却连碰都没有去碰一下。那些东西对钢铁般的战士们没有任何吸引力。当搜查到一户人家时,桌子上的一

块手表,把战士们吸引住了。战士们围着它兴致勃勃地欣赏。

一个战士说:"打仗最需要表,我看就把它交到连部去吧。"

一个战士说:"纪律是自觉遵守的,楼上的东西少了,咱们要负责。"

又一个战士插话:"从这里过往的部队很多,有咱们,也有别的队伍,谁知道是咱们拿走的?"

另一个战士说:"难道你忘记'三大纪律,八项注意'了吗?"

一个战士说:"关键是战斗需要啊,再说又不是咱自己装起来了!"

这时,我父亲走来。战士们说:"班长,这里有块表!"

我父亲拿起表,用小刀剥开表壳一看,崭新的表芯镶着四颗宝石,的确是一块上好的瑞士怀表。

我父亲端详一会儿,把表放回原处,率领队伍出发了。

从这里路过的队伍一列又一列,在这里休息的队伍一批又一批。

部队全部过去后,市民们纷纷回到城里。那个房东回到家,推开房门一看,简直不相信自己的眼睛,看见桌子上的那块表丝毫未动,依然躺在那里滴滴答答地走着。

房东感动得热泪盈眶,拿上表就去追赶队伍,他要把表送去做纪念……这块表至今还保存在革命历史纪念馆。

故事讲完,士兵们沉默着回到床上睡觉。

几天后,吴发的手表奇迹般地出现在桌子上。手表下面压着半张纸,纸上有几行用左手写的字,看不出是谁的字迹:

"开始我并不想要那块表,只是想与吴发开个小小的玩笑。后来我真想要那块手表了,因为害怕拿出来,自己被当成小偷。一说搜身,我害怕到极点,我想我完了,跳到黄河也洗不清了。真要搜身,说不定会断送我的一生。我现在即使不拿出手表,也永远查不到是我拿的,但我还是决定交出来。谢谢老班长,是您救了我!"

第三辑 一只有梦想的青蛙

生命的笑声

致失败者的信

一

生作家：

您好！

读完你发表在《人间文学》上的小说《不幸的人》，我想再活几天。

今年高考我以 2 分之差名落孙山，这已是我第三次高考。我知道像我这样的苦孩子，高考落榜，也意味着被淘汰出局。这些年来，都是母亲靠捡垃圾供我读书的。可是，母亲在最近的一次车祸中丧生。我感觉已无路可走，只有死路一条了。

你写的小说真好，主人公庄林落榜不落志、百折不挠的奋斗精神令人感动，可生活中真有这样的事吗？我知道小说都是虚构的。

一个失败者：相名

最后的日子

二

朋友：

收到你的来信，我非常担心。

你绝不应该走那条路，真若那样，起码对不住你含辛茹苦、

望子成龙的已故的母亲。有的人把不幸套在脖子上，成了不幸的牺牲品；有的人将不幸踩在脚下，成了不幸的幸运者。远的咱不说，近的你想想，2008年北京残奥会上的那些人，他们哪一个不是残疾人？他们却创造了一个又一个奇迹！难道你忘了失败是成功之母吗？难道你忘了天生我材必有用吗？

  那篇小说是一个真实的故事，就是写的我自己。条条大路通罗马，只要你努力！

  热爱生活吧，活着是美好的！

  盼你复信。

生云舒
美好的日子

三

生作家：

  您好！

  读了你的信，我感到很惭愧。我不该自暴自弃，逃避生活。我已打消死的念头，决定好好活下去。

  我打算向你学习，拿起笔，刻苦学习，勤奋创作，当一名作家。我会成功吗？我真怕失败。

  谢谢你救了我！

相名
新的一天

生命的笑声

四

朋友：

　　读完你的来信，我为你感到高兴。你不但珍惜生命，并且想做一个有志之士，很好。你会成功的，当然，成功的花朵需要用辛勤的汗水去浇灌。

　　记住吧，每个人可能无法始终掌握自己的命运，但却能掌握自己对命运的态度。能掌握自己对命运态度的人，又或多或少地能掌握自己的命运，关键看那是什么样的态度。只要一个人厚德载物、自强不息，这事不成、那事成。所以，每一个人通过努力，都可以成为一个成功的人！普鲁斯特说："人们敲遍所有的门，一无所获。唯一那扇通向目标的门，人们找了100年也没有找到，却在不经意中碰上了，于是它就自动开启……"

　　努力吧，只要耕耘就有收获！

　　　　　　　　　　　　　　　生云舒
　　　　　　　　　　　　　　　成功的一天

　　从此，他们之间经常通信。相名把生作家的每一封来信都好好保存着。几年下来，竟有近百封。每当遇到挫折，他就会把那些信拿出来看一看。他感觉那是生命的支柱。

　　几年过去，相名因一部作品一举成名。一夜之间他成为家喻户晓的作家，鲜花、掌声簇拥着他。

　　但他没有忘记给他信心和勇气的生云舒作家，他决定前去拜访。

深秋的一天，他悄悄启程。坐了两天两夜的火车，又坐了一天的汽车，他终于到达那座依山傍水、群山环绕的县城。

县城不大，他很快就找到了日思夜想的生作家的家。

他按响门铃，开门的是一位白发苍苍的老人。

他笑着问："这是生老师家吗？"

老人端详了他一会儿，问："你是？"

他说："我是相名。"

老人一听，笑了，说："快请进，快请进。"

没等坐稳，他就问："您就是生老师吧。"

老人说："我不是。"

他问："生老师呢？"

老人说："他患了癌症，早就去世了。"

他吃惊地问："什么时候？"

老人说："收到你第一封信的前几天。其实，所有的信都是我替他写给你的。"

幸运儿

空旷寂寥的房间静谧得令人窒息，昏黄的太阳伸出长长的舌头舔着棉被。东方杰空洞滞涩的目光抚摸着窗外几只栖息在树枝上瑟瑟发抖的灰色小鸟，感觉不是在温暖的屋里，而是在冰冷的坟墓，啜品人生的苦酒……

那天，崭露头角的东方杰正在排练节目。他突然跌倒在地上，站立不起来，送到医院，经诊断是骨肉瘤，要截去双腿。这对于东方杰

生命的笑声

来说不啻是晴天霹雳,他离不开舞台,离不开自己热爱的舞蹈艺术……

东方杰重重地叹息一声,空洞的目光落在床头柜上。床头柜上有一本小说,是父亲拿来放在那里的,他一直没看。东方杰拿起来看了一眼封面,便懊丧地扔回原处。他讨厌小说的名字——《你过得比我好》,恨屋及乌,更讨厌这本小说的作者。他想,作者肯定是个无病呻吟、百无聊赖的家伙,一个像我这样即将失去双腿、就像鸟儿断了翅膀的人,也过得比你好吗?

不知不觉,东方杰又昏昏沉沉地踏入梦境,在梦中他长出一对翅膀,在天空自由地飞翔……

"杰,杰。"他的好梦被打断。

睁开眼一看,是父亲叫他。他问:"怎么了?"

"我打听到一位骨治专家,就在咱这城市。"父亲擦着他脸颊上的汗水说。

"好多大医院都不能治,他能行?"

"偏方治大病,明天我带你去试试。"

傍晚下起大雪,天亮时才放晴,蔚蓝的天空,银白的大地,血红的太阳。车在一幢楼前停下,父亲背着他爬到二楼,敲响了东户的房门。一位花甲老人开了门。

"我把杰带来了。"

"请进,请进。"

落座后,东方杰迫不及待地问:"伯伯,我的腿能治好吗?"

老人笑笑:"治病的人在里面。"

父亲和老人把他架到南面一个房间的椅子上坐好后,就到客厅喝茶去了。

床上的人使他大吃一惊,那人截去四肢,只剩一截躯体,用嘴衔笔写东西,见到他后,一张嘴扔下了笔。

东方杰发现那人的床头也搁着一本小说——《你过得比我好》。他问:"你喜欢读这本书吗?"

"是我的拙作。"那人笑笑说。

东方杰惊讶得差点尖叫。他注意一眼书上作者的名字,叫欧阳坚强。

"听你爸爸说,你认为自己是个不幸儿,就吃安眠药、割血管、绝食,想结束自己的生命。我是不是比你还要不幸?我相信有人比我还不幸!"欧阳坚强说。

东方杰低下头。

欧阳坚强又说:"有的人把不幸写在脸上,有的人把不幸埋在心里。有的人把不幸勒在脖子上,成为不幸的牺牲品;有的人把不幸踩在脚下,成了不幸的幸运者。世界上没有最不幸的人,只有自己认为自己最不幸的人。"

欧阳坚强的话如煦煦春风,融化着东方杰心中的冰雪。

最后,欧阳坚强赠他一本签名的小说,还在扉页上写道:"衡量一个人不幸与幸运,并不在于是否四肢健全,头脑发达。一个健康的人却碌碌无为,才是最大的不幸!人生的价值一是繁衍,二是创造!"

回家的路上,东方杰发现天空格外蓝,大地格外白,太阳格外红,世界格外美丽,生命之火冉冉升起……

生命的笑声

第三辑 一只有梦想的青蛙

不知道别人是不是,反正你已经心灰意冷看破红尘,近年来那张笑容灿烂的脸已被冷若冰霜所代替。也说不清为什么,反正你对什么事都无动于衷,无所谓。你注意观察了一下,大

生命的笑声

部分 40 岁之后的人，都是如此。

与你形成强烈反差的是对桌一个胖墩墩的中年妇女。她到哪里笑声就到哪里，还很能说笑话，大家时不时被她逗得爆发出一片笑声。

这天，她说："你来了这么久，我咋没见你笑过？你脸上的冰啥时候化开？哈哈哈……"

你听了，嘴角稍稍动动，叹口气说："这辈子恐怕不好办。"

她就笑着问："为啥？"

你说："冰冻三尺非一日之寒。"

她说："有啥想不开的，别自己跟自己作对，留得青山在，不怕没柴烧，人的身体就是青山。"

你说："我真羡慕你。"

她问："我有什么好羡慕的。"

你说："你肯定没愁事、没挫折、没打击。"

她听了，一愣，说："你怎么知道？"

你说："要不然，肯定没这么多笑声。"

她又笑起来："你不会也笑？笑起来不就轻松了。"

你忧心忡忡地摇摇头："我笑不起来！"

这时有人找她有事。她一走，有人对你说："你知道吗，她多年来一个人领着孩子生活，可苦了。"

你吃惊地问："为啥离婚？"

"她原来的老公喜新厌旧呗，现在的人好像对白头偕老越来越淡漠了。"

你自言自语："咋一点儿也看不出来？"

"也就是她。要是别人，光气也气死了。"

深冬的一天，她相依为命的儿子在上学的路上被汽车夺去了生命。人们在深深同情她的同时，都说这回她再也笑不起来了。

很久以后，人们又听见她的笑声。

命运似乎总在捉弄她，她又生病住进医院。

人们去医院探望她，回来后都说："一个快死的人，比活着的人还快乐！"

人们渐渐忘记了她，从心灵上感觉她其实已经离开人世，不料，她却突然从医院跑了回来。

你大吃一惊："你不在医院好好治病，跑回来干啥？"

她说："病好了。"

人们都不相信："你又在说笑话，谁不知道，你的病是不治之症。"

她也笑了："真的，连医生都说是个奇迹。"

你就问："医生给你用的什么灵丹妙药？"

她回答："医生说正是我的坚强和乐观，使我战胜了病魔！"

你似乎受到感染，第一次开心地笑起来。

万事开头难，有第一次笑，就有第二次笑，随着你笑的次数越来越多，你感觉你会笑了。自从你会笑以后，你感觉快乐了，年轻了，人缘好了，人气旺了。

以后的日子，你天天快乐地生活，无论是遇到好事，还是遇到坏事。

一个人来问你："你难道没有难受的事吗？"

你说："有是有，但是没有理由不快乐。"

"为什么？"那人问。

你说："月有阴晴圆缺，人有悲欢离合，此事古难全。有大喜必有大悲，有大悲必有大喜。任何事有利就有弊，有弊就有利。事物都是一分为二的，没有绝对的好，也没有绝对的不好。有红的时候，就有黑的时候。花开花落，云卷云舒，这是自然规律，谁都无法逃脱。谁也不可能光走运不倒霉，谁也不可能光倒霉不走运，如果光让一个人走运，会把一个人乐疯，如果光让一个人倒霉，会把一个人气疯。所以，每一个人的生活才

生命的笑声

有泪水也有欢笑；所以，有福你就尽情地享，有罪你就尽情地受，那都是上帝的恩赐，是上帝让你各种滋味都尝尝，不然，人生将会是多么单调、乏味……"

那人说："经你这么一说，还真是没有理由不快乐。"

你说："对啊！"

那个人也快乐起来。

又来一个人说："你咋天天这么快乐？"

你说："快乐改变命运！"

那人想想说："对啊，真是快乐改变命运。"

你看到快乐起来的人越来越多，你感到很快乐。

命运的征兆

连长和指导员是邻居，连长住东边，指导员住西边，俩人门前各植着一簇冬青。

连长门前的那簇枝繁叶茂，翠绿欲滴，葳蕤疯长；指导员门前的那簇却像身染沉疴的病人，叶黄枝瘦，蔫儿了巴叽。

排长们说怪，班长们说怪，兵们也说怪。

一个仲夏之夜，月朗星稀，清风徐徐，虫儿呢喃，萤火虫挑着灯笼漫步。连长和指导员肩并肩坐在一条长椅上乘凉，间或，他们漫无边际地神侃。

当话头扯到人的命运时，连长半玩笑半认真地道："看来鄙人的前途还是无量的嘛。"

指导员抓了半天后脑勺，问："何以见得？"

连长指指自己门前的那簇冬青,说:"这,不就是征兆嘛。"

几年后,二人邂逅。当年的连长已当上团长,而当年的指导员仍是指导员,只不过多转几个连队而已。二人叙起来,指导员自惭形秽地扼腕长叹:"看来,那两簇冬青还真是咱们命运的征兆呢!"

当年的连长一愣,顷刻哈哈一通爽笑:"你说什么呀,只不过你不喝酒我喝酒,我晚上酒醉回来后,来不及跑厕所,往冬青上多撒了几泡尿罢了。"

心灵的眼睛

原野喜欢在晚霞把湖水染红的时候,一个人坐在公园湖边享受黄昏……

一天,彼岸的石凳上蓦然出现了一个长发姑娘和一个银发老人。

那个姑娘长得十分漂亮,勾起原野好多美妙的遐想……

一个月朗星稀之夜,姑娘独自在水一方,手托下巴对湖沉思。原野再也无法抑制心头的渴望,鬼使神差般地朝她缓缓走去。

呀!她的眼睛似潺潺流淌的清清溪水,长长的睫毛分明是傍溪而生的草儿,弯弯的眉毛则如沿溪小径……

原野斟酌好的见面词被这双眼睛夺走,手足无措地站在她身边。

湖面的鱼儿"哗啦"打个漂,水底圆月破碎。她自言自语道:"夜色真美。"

"你更美。"他由衷赞叹。

生命的笑声

她闻声抬头，冲原野莞尔一笑。

"你叫什么名字？"原野问。

两片桃花唇轻轻一碰："秋月。"

"你的男朋友怎么没来？"他狡黠地问。

"我没有男朋友。"她低下头去。原野又惊又喜，小心翼翼地说："你愿不愿意和我交朋友？"

"你不后悔？"

"我为什么要后悔？"原野诘问。原野想，她也许被人抛弃了，那么我要抚平她心灵上的创伤。

她说："说出来吓你一跳，我是个盲女。"

"啊……"原野惊叫一声，"真的？"

"真的。"她认真地说。

原野不相信似的，用手在她眼前用力挥挥，果然一下也不眨。

"你后悔啦？"她问。

还没等原野回答，那个银发老人走来说："秋月，咱回家，天不早啦。"

"哎。"她答应着，让银发老人牵着她的手走了。

原野从此再也不愿去公园，害怕看见她，不过，她，已深深镌刻在原野的脑海里。但一想起她的眼睛，泪水就模糊了原野的视线。我若真的与她相爱，父母兄姐能答应？同事们岂不会笑话我？原野想。

几年中，亲朋好友给原野介绍了好多女孩。每次原野都是满怀希望而去，满怀失望而归。原野心仪的对象，还是秋月那样的姑娘。

秋日的一天，原野到公园走走，意外地碰见秋月。更意外的是，秋月还搀扶着一个双目失明的男人。

原野走上前问："你的眼睛医治好啦？"

秋月说："你是谁，我不认识你啊！你怎么知道我的眼睛刚治好？"

原野说："在你还是个盲人的时候，一天晚上在公园湖边……"

秋月插话："曾有个人要和我交朋友，当我说我是盲女时，他就走了。那个人就是你？"

原野红着脸点点头说："是我。"

秋月说："其实，不止你一人，还有好多好多像你一样的人。"

原野指指那个男人："他是你什么人？"

秋月说："我丈夫。"

原野惊讶地问："你为什么嫁给一个盲人？"

秋月笑笑说："我原来不也是盲人吗？有的人虽然长着眼睛，其实并没有眼睛；有的人虽然没有眼睛，其实长着眼睛！"

河里的鱼

妈妈说，鱼小时候胆子特别小。

现在想起来，那时鱼胆子确实非常小。直到现在鱼胆子也不大，有时候虽然也叫嚷要和人家拼命，其实那也只是虚张声势，吓唬人家罢了。

在鱼的记忆里，小时候她从来不敢独自在家，非得有人陪着才行。跟着大人出门，鱼也总是用一只小手紧紧抓住大人的衣服，走到哪里跟到哪里，寸步不离，像大人的一条尾巴。

这样，大人的一言一行、一举一动，都摄在鱼的眼睛里，灌进鱼的耳朵里。开始，鱼听得津津有味，饶有兴趣。至于大人说的什么话，鱼听不懂，也不去关心，只看到大人们说说笑笑、

生命的笑声

打打闹闹、神神秘秘、谈笑风生、前仰后合、窃窃私语的样子,很滑稽,很可笑,很开心。鱼感觉好玩极了,有时也禁不住笑出声。大人有时还费解地看鱼一眼。

或许是天天如此让鱼厌烦了吧,鱼渐渐失去了兴趣。鱼跟在大人后面无精打采、东张西望、焦躁不安,盼望大人快快离开,该去干啥干啥,别再浪费时间。鱼甚至催促大人:"快点走吧!"大人就扭头训斥她一句:"老老实实地,让大人说句话。"过一会儿,大人还在和另一个大人没完没了地说,鱼就又催:"快走啊!"大人又扭头瞪她一眼:"以后别再跟着我出来。"鱼就又老实一会儿。鱼实在闹不明白大人们怎么有那么多说不完的话。鱼发现大人碰见大人总有说不完的话。

有时鱼真不愿意跟着大人,但她又很胆小,不得不形影不离地跟着大人。

鱼开始慢慢能听懂大人的话了,她发现大人们虽然每天都有说不完的话,却都是些废话、假话、空话、套话。他们见人说人话,见鬼说鬼话,见啥人说啥话,传播流短飞长的小道消息,嘀咕谁的绯闻轶事,守着这个诽谤那个,守着那个诽谤这个,无中生有的事给编造得有枝有叶,要不就开些低级下流的玩笑……

鱼感觉大人们真是无聊至极,庸俗透顶。鱼心里很厌恶,油然而生一种逆反心理。

多年以后,鱼也成了大人,只是很少说话,总是缄默不语。说什么呢?有什么好说的呢?即使说也是重复上一辈人嚼过的馍,那恰恰令鱼深恶痛绝。鱼有时默默当一名听众,有时静静当一名观众,有时悄悄当一名逃兵。鱼还把一句话当成座右铭:上帝无言,百鬼狰狞。

可是令鱼困惑不解的是,人们送给鱼一顶顶不雅的帽子,有说鱼假正经的,有说鱼孤僻的,有说鱼阴险的,有说鱼虚伪的……

鱼陷入巨大的彷徨、孤独和苦恼的包围之中。鱼陷入人们冷嘲热讽的天罗地网之中。

长此以往，鱼要么疯，要么死。

慢慢地，鱼不再沉默寡言，开始张口说话了。与谁说？逢人便说，有空就说，没人找人说，没话找话说。说什么呢？只要不是真话，不是实话，啥都说。具体说的啥，鱼也不知道，反正滔滔不绝口若悬河一泻千里没完没了，有时甚至自言自语。有人为显示自己的本事，吹嘘自己多么多么了不起，鱼心里明明痛恨这种事，嘴上却说得比人家还了不起。有人吹，占了公家或某某人多少多少便宜，鱼明明没有这种恶习，却违心地说得比人家有过之而无不及。别人说些很下流的笑话，鱼比别人说得还下流……

鱼的嘴巴终于练出来了，终于练得和众人的嘴巴一样，始终处于一张一合、一合一张的状态之中。鱼不再孤独，不再寂寞，不再苦闷，她找到快乐，找到朋友，找到人群，像一条濒临死亡的鱼儿，突然被人捡起扔进河里，在浑浊的水中开始慢慢地游动……

幸福生活

小鱼小时候的理想，是当一名工人。因为小鱼祖祖辈辈都面朝黄土背朝天地修理地球，小鱼不想再那么活，小鱼想象中的幸福生活就是当工人。

记得上学时，老师布置一篇作文，题目叫《我的理想》。小鱼就写自己长大后要当一名工人。老师看完很高兴，在班上表扬小鱼有志气，还指着窗外一望无际的盐碱荒滩对同学们说："谁如果不好好学习，谁的理想就是那片盐碱地。"

生命的笑声

以后的日子，小鱼就为自己的幸福生活努力学习。

后来，小鱼梦想成真，如愿以偿地当上了一名工人。小鱼以为当上工人就万事大吉，该上班时上班，该下班时下班，该吃饭时吃饭，该睡觉时睡觉。铁饭碗，旱涝保收，多幸福啊！

一切的苦难都是从不满足开始的。并不是小鱼首先不满足，而是别人首先对小鱼不满足。

一见面，人家就问："小鱼当什么官？"小鱼笑哈哈地说："什么官也没当。"人家又问："工作干得怎么样？"小鱼说："工作干得蛮不错，又当标兵又当先进。"人家又说："那怎么当不上官？"小鱼愣一会儿说："难道干工作就是为当官？"这回人家愣在那里，好大一会儿，人家才说："不为当官你干的什么劲，还干得那么出色干什么？"小鱼说："我就想把工作干好，没想什么。"人家说："一方面说明你傻，一方面说明你不要求进步。"小鱼心里愤愤不平，难道不想当官就是傻，就是不思进取不求上进？人家又说："不过你慢慢就会想当官的，并且越来越迫切。"小鱼不信。

一年后，小鱼的妈妈生病，需要住院动手术。小鱼很爱妈妈，想找一位好医生给妈妈治病，因为小鱼从电视上看到过，做个阑尾炎切除手术，还有致人死亡的事件发生。可小鱼跑断腿、磨破嘴也没找到，理由一大堆，听起来都很充分，但关键的问题还是小鱼要权没权、要钱没钱。小鱼只能眼含热泪听天由命。还好，妈妈的手术做得比较顺利，小鱼一颗悬着的心才放下来。

病房里还有一位病人，不过这位病人的儿子当官，每天来探望的人络绎不绝，各种礼品一堆一堆的。小鱼的妈妈这边呢？冷冷清清，几乎没人来，连吃只香蕉都要自己去买。

又一年，小鱼妻子的单位倒闭，厂里的职工八仙过海各显其能，有调进机关的，有调进银行的，有调进事业单位的。妻子回家跟小鱼商量调个什么单位，小鱼苦笑几声说："只能往家里调。"妻子只好下岗在家闲着。小鱼也很着急,分别找居委会、妇联、政府办公室……但都没有管的。

小鱼变得不再想当一名好工人,而是一心只想往上爬。因为小鱼深深体会到,只有当上官才能过上幸福生活。

可当官不是谁想当就能当的:有人靠有后台当官,可小鱼的七大姑八大姨全是普通老百姓;有人靠拍马屁当官,可小鱼却死烦那一套;有人靠请客送礼当官,小鱼工资本来就不高,还上养老下养小,根本就不够花。小鱼的强项就是干工作比别人强,可小鱼早就看透,工作再比别人强,也顶多多得到几次屁事不管的表扬,或多拿几个荣誉证书。当官起决定因素的不是工作,而是关系。

经过几年的转变,小鱼如愿以偿地当上官,是一个股级干部。小鱼感到很幸福。

幸福了几年后,小鱼感到一辈子股级干部没意思,想当科级干部了。

当了几年科级干部,小鱼又感到不幸福,想当局级干部。

拼搏若干年,小鱼却还是科级干部。

小鱼整日怨天尤人、无精打采、闷闷不乐,看什么都不顺眼,干什么都没劲,甚至看破红尘悲观厌世,但他发誓绝不放弃。

由于积劳成疾,小鱼身患重病。病魔把小鱼折磨得死去活来,疼痛难忍,就像一块一块从身上剜肉那么疼,疼得他恨不得一死了之。在与病魔搏斗的日日夜夜,小鱼唯一的念头就是,如果病能治好,一定淡泊名利、宁静致远、轻轻松松地活。能活着就是最大的幸福。

第三辑 一只有梦想的青蛙

生命的笑声

 热爱生命

"我不活了。"男人醒过来,泪水如泉眼一般从紧闭的眼睛里涌出。

"爹、爹、爹。"爬在男人身上嘤嘤哭泣的两个孩子,听见男人说话,齐声喊。

男人缓缓地睁开眼说:"我咋回来的?"

女人说:"我找人把你抬回来的。"

男人两眼盯着黑黑的屋顶,长长地叹了一口气。

女人对孩子们说:"爹没事,快去睡觉。"

两个孩子爬到炕头,拖过一床被子,睡去。

女人把怀里睡熟的孩子往炕上放时,孩子被弄醒了,女人轻轻拍打几下,孩子才没哭。

"我真不想活了。"男人说。

女人盘腿坐在炕上,一言不发。

"这种日子,叫人没法活。"男人说完把身子侧侧。窗外伸手不见五指,黑夜仿佛一座山,压得人喘不过气,又似乎要把这个世界压个支离破碎。

女人仍然一声不吭。

"要不你就改嫁吧,别再跟着我受罪。"男人说。

"要走我早走了,用不着拖到现在。"女人说。

"要不咱带上孩子逃走。"男人说。

"往哪里逃?"女人叹口气。

"咱一块儿去投河,我看早晚也是死。"男人狠狠地说。

"死就死,"女人的眼泪像断线的珍珠,"咱把这个小的带上,这么小,留下他,我不放心。这两个大的也累不着人,他俩爱

往哪里去就往哪里去吧。"

"那好。"男人爬下炕,一瘸一拐地朝门外走。

女人给两个大孩子盖盖蹬开的被子,抹抹满脸的泪水,轻轻地抱起最小的孩子,悄悄吹灭了昏暗的煤油灯,慢慢迈过门槛,快走几步追上前面的男人。

夜静得死去一般。

他们并排朝村北的黄河走去,翻过黄河大堤,每走一步,就靠死神近一点儿,几百米的距离似乎走了一生。

他们站在黄河岸边,一望无际隆隆作响的黄河,令人头晕目眩、心惊胆战。冷冷的水面透着寒气,像锋利的刀,刺得人生疼。

"哗哗哗……"男人毫不犹豫地下水。

女人紧抱着孩子义无反顾地跟下去。

水越来越深,漫过膝,又漫过腰。水越来越重,压得心脏几乎停止跳动。水流把女人冲个趔趄,男人扶了女人一把。

"哇……哇……哇……"黄河水把睡梦中的孩子呛醒,那一声又一声高亢嘹亮的哭声,在静静的黑夜里,像一声又一声重重的钟声,向四面八方一圈一圈地扩散。

突然,女人一只手抱着孩子,一只手抓住男人的衣服,哭着说:"咱回去,咱回去。"

男人挣扎着说:"不,不回去!你怕死你回去吧,我不怕死。"

女人说:"不是我怕死,不是我怕死。"

男人不吭声,更坚决地朝深水处走。

女人把男人的衣服拽得更紧:"关键是不为大人活着,也得为孩子活着。既然让孩子来到这个世界上,就不应该让孩子这么早离去。孩子还这么小,这是条命啊!这是条命啊!"

男人慢下来,终于停住。女人也停住,滚滚而下的热泪砸在滔滔的水面上。汹涌澎湃的黄河水打着漩涡在他们面前奔腾。

男人缓缓转过身把女人与孩子拥在怀里,脸紧紧贴在孩子

第三辑 一只有梦想的青蛙

生命的笑声

的脸蛋上,然后,朝岸边靠近、靠近……

那个怀中的孩子当时还没断奶。多年以后,那个怀中的孩子写下一篇小说,叫作《热爱生命》。

一只有梦想的青蛙

我是一个来自大山深处的孩子。第一次来到城市,将城里的大马路、大超市、大广场逛遍后,我心满意足地往城外走。当路过一个大院时,我不由自主地停住脚步,确切地说,是不由自主地被一个大门里的景色吸引。

大门两边是长长的白色的栅栏围墙,左边是一间警卫室,右边是一道来回伸缩的门。有进出的汽车时,铁门徐徐打开,没有进出的汽车时再徐徐关闭。在警卫室旁边还有一道小门,供人进进出出。

我一个劲儿往大门里窥视,一片宽阔的绿茵茵的草地,草地后面有一个大大的圆形的喷池,喷池里有一座假山。假山后面矗立着一幢高高的大楼,许多人进进出出,一个个西装革履,昂首阔步,白白胖胖。我情不自禁地想起乡下的父老乡亲,他们日出而作、日落而息,面朝黄土背朝天,个个蓬头垢面,衣衫褴褛,瘦骨嶙峋。

我忽然萌发一个荒唐可笑的念头——到里面去看看。

我犹犹豫豫、小心翼翼、一点一点地靠近大门,眼看就要跨入大门时,突然从警卫室里窜出一个守门人,厉声喝道:"干什么的?"

我支支吾吾说道:"我、我、我……"

守门人又问:"你找谁?"

"……"我答不上来,里面的人我一个也不认识。

守门人再问:"你有什么事?"

我结结巴巴地说:"没、没、没事,我只想进去看看。"

守门人说:"到别处去看,这里是你随便进的吗?快走快走!"

我只好低着头走开。

几天后我回到家时,天已经很黑了。结果,我被爹狠狠地骂了一通,说我不老老实实跟着他,一个人乱跑乱窜,还说以后再不带我出门。

可是,那个大门深深地镌刻在我的脑海中,无论如何也忘不了。

我几次发誓再进一次城,再找到那个大门,好好跟那个守门人说说,让我进去看看。可爹再也没有带我出山。

我还有一个梦想,那就是好好学习,考上大学,到那个大门里看看。

可现实却粉碎了我五彩缤纷的梦想。年迈多病的爷爷奶奶,瘫痪在床的娘和年幼无知的弟弟,已把爹折磨得骨瘦如柴,爹哪里还有能力供我上学?爹说了,就算咱全家不吃不喝供你上学,到头来咱没有关系,你还是找不到工作,你还得回来!我哭了,我哭的声音很低,眼泪流得很凶。我虽然以名列前茅的成绩考上中学,却仍然没有摆脱辍学的命运。

偶尔我还想去那个大门里看看,觉得如果能进去看看,这辈子死了也值。

有时我在山坳里干活干累了,坐在树荫下歇着,望望四周高高的群山,一个劲儿叹息。连绵不断的崇山峻岭仿佛是一圈高高的围墙,把我严严实实地包围着。

一天夜里,我做了一个梦,梦见自己变成一只青蛙,在井

第三辑 一只有梦想的青蛙

底拼命地往上爬，可井壁长满滑溜溜的苔藓，爬一点儿掉下来，再爬一点儿又掉下来，无论如何都爬不上去。

纸老虎

小时候，他是出名的胆小鬼。

他怕毛毛虫，怕螳螂，怕天牛，怕毒蛇，怕豺狼，怕蝎子，怕壁虎，怕狮子，怕老虎，怕老鹰……

后来，这些东西他都不怕了。当这些东西他都不怕的时候，却莫明其妙地怕起另外一种高级动物——人。

他怕满脸横肉的人，他怕头上有刀疤的人，他怕身上文着蛇的人，他怕骂人的人，他怕打人的人。

他去外面旅游，采点这购点那，不知不觉地装满大包小包，有点儿顾不过来的感觉。途中他遇到一个人，那人走近他说："我帮你拿好吗？"他摇摇头说："不用，不用。"这人执意要帮他拿，他却威胁说："你走开，你再不走开，我要喊人了。"看着那人走远后，他的心还"扑通、扑通"直跳。因为他听说过，有人打着做好事的旗号，帮着拎行李，可一不留神，连人带包都不见了。

他去外地开会，下火车，走出检票口，望着人山人海的广场，有一种掉进狼群的感觉，看哪一个都不像好人。正在这时，走过来一个人向他问路，他装聋作哑不开口，无论那人咋问，他的嘴巴就是紧紧闭着，让那人一点儿办法也没有。直到那人消失，他才长长地松口气，咳嗽几声。因为他曾不止一次看到过，在车站有一伙人专门抢外地人、骗外地人、打外地人的事。他知道，只要别说话，让他们闹不清你是哪里人，他们就不敢轻而易举地下手。

他去出差，在火车上与对面一个人谈得挺投机。那人摸出一盒烟，递给他一支。其实他也是个烟鬼，很想吸，但他却摆着手，就是不接。那人还以为他客气，猛让，他坚决不接。他在报纸上看到过，有人就是因为抽别人敬的烟，迷迷糊糊地睡过去，醒来后，身上的财物被洗劫一空。

上班的路上，一位同事笑容满面地与他打招呼，他也笑容满面地回应。那位同事走过去后，他心里犯开嘀咕，这家伙今天怎么这么得意呢？只有赚了他人便宜的人才会开心地笑，才会面露得意之色，这家伙难道又踩着别人往上爬了一步？或者又听到我什么传闻？抑或又在背后说我什么坏话，散布什么谣言？……

下班的路上，他与一位同事打招呼，那位同事反应冷淡。他一边走一边想，这家伙今天怎么不如以前那么热情，莫非有人调拨离间我和他之间的关系？莫非我说的他的坏话传进了他的耳朵？莫非他对我有意见？……

散步的路上，一位同事和他打招呼说："你好，最近忙什么呢？"他沉思半晌才笑笑说："什么也没忙。"同事走过去后，他却心事重重起来。这家伙说这句话到底什么意思呢？这家伙每一句话每一个字都不会随便说的，狗嘴里吐不出象牙，你看他那一脸奸笑吧，一看就知道不是个好东西，黄鼠狼给鸡拜年没安好心，我得时刻防着他点儿……

他越来越孤独，因为别人戒备森严地提防着他，他也戒备森严地提防着别人，有人冲他笑他恐惧，有人冲他怒他恐惧，有人看他他恐惧，有人不看他他也恐惧……

那天，他和他最好的朋友烈烈坐车到市里去，途中有几个歹徒在车上行凶。他吓得双眼紧闭，体似筛糠，差点尿在裤子里。

生命的笑声

烈烈却临危不惧，挺身而出与歹徒搏斗，身中十几刀，多亏抢救及时才保住一条命。

烈烈一夜之间成名。

全国各家电台、电视台纷纷播放烈烈的事迹，各大报纸、网站也都号召大家向烈烈学习、捐款，烈烈马不停蹄地做巡回报告，受到领导亲自接见、题词、合影……

这令不愿平凡一辈子的他，从无数次暗暗庆幸，跌进无数次暗暗懊悔的深渊；这令一心想轰轰烈烈、而至今仍默默无闻的他，陷入痛苦的泥潭。

他始终在想，如果那天帮帮忙的话，不也跟着功成名就了吗？

突然之间，他像换了一个人似的。

碰见手脚不便的老人过路口，他搀扶；拾到钱包，他寻找失主；碰上别人有困难，他主动帮忙。

更令人难以置信的是，他的胆子大得出奇：碰上小偷，他当场抓获；碰上打架的，他勇敢地冲上去……

几年间，他做过的好事不计其数，遭受的白眼、嘲笑和拳头也不计其数，他都默默忍受。但他得到的只不过是几句感谢话、几封表扬信和几个荣誉证书罢了。

他渴望报纸上有名、电视上有影、电台上有声的好事，根本没在他身上发生。

他很苦恼，但他仍然不死心。

一日，他看见几个歹徒拿着刀子行凶。他拼命地冲上去，把衣服一扒，说道："有种的往我身上扎，越多越好，谁不扎谁是孙子！"几个歹徒竟吓得连连后退，作鸟兽散。

他在后面一边追，一边喊："你们别跑啊，有种的往我身上扎啊！"

他越追，那几个歹徒跑得越快。他气得哈哈大笑，大骂："你们原来都是纸老虎啊！"

第 四 辑　**会飞的房子**

生命的笑声

 无人的村庄

人类继征服火星、金星、水星、木星、月星、冥王星之后，又征服了一颗最新发现的星球——空星。天生喜欢探险的我，报名参加了去空星探险的探险队。我们乘坐的隐形飞船降落在空星一座大山的山顶上，在往山下飞的途中，我因为被独特的风光所吸引，与探险队失去联系。我只好唱着《隐形的翅膀》独自往山下飞。

不知飞了多久，我远远望见前面有一个很大的村庄。我欣喜若狂，用力挥动着翅膀向那村庄飞去。我要看看空星上的人是什么样子，他们吃什么、穿什么、玩什么。我飞到那个村庄，不敢靠近，害怕被村庄的人发现，害怕他们用什么武器把我打下去。我就在村庄的上空高高地盘旋，俯瞰很久，却看不到人影。我很奇怪——村庄里怎么没人呢？我决心看个究竟，就降落在村庄的西面，悄悄潜入村庄。村庄里的大街小巷空荡荡的，一个人都没有，家家户户锁着门，门上的锁锈迹斑斑。我想，莫非都去种田啦？

我穿过村庄，来到村外的一片田野。田野里见不到一个人，只有一群一群的鸟此起彼落，只有一丛一丛的杂草树木疯狂地葳蕤，连一株庄稼也看不到。

我怀着失望的心情继续往前飞，飞了很久，又看见一个村庄。我飞到村庄的上空盘旋几圈，没看见人，就俯冲到村边落下，大摇大摆地走进村庄。偌大个村庄静悄悄的，好多人家屋顶上长着很高的茅草，别说人了，连猪狗鸡羊牛都见不到。

我只好再往前飞，远远看见一座山峰直插云霄，飞近，看出那原来是一座城池。城市里高楼林立，人山人海，车水马龙。还有不少人从四面八方朝这个城市奔来。

一个富丽堂皇的大厅里坐着一大片人,我以为人们是在看宽银幕电影,走近才发现,他们都目不转睛地盯着一条蚯蚓似的、红红绿绿、弯弯曲曲的K线炒股呢。在一个门口排了一条长长的队伍,我以为人们在抢购什么东西,原来他们是在排队买基金。一个很大的广场上聚集着好多人,我以为在开会,便钻进去想听听,却发现原来是一个劳务市场,只要有车开过来,人们就像疯了似的"哗——"地拥过去,说:"要人吗?要人吗?"在一处工地上有好多人在拆楼,另一处工地上有好多人在建楼;一条马路上有好多人拆路,另一条马路上有好多人修路……

我回到人星上,把我的所见所闻讲给人们听,人们都感到不可思议,还有人甚至怀疑我撒谎。

不知从什么时候开始,人星上经常发生丢猪的事。开始是一头一头地丢,后来几头几头地丢,再后来一群一群地丢。警察无论如何也抓不到罪犯。直到一个不明飞行物被击落才真相大白。不明飞行物来自空星,专门偷人星上的猪,最近发展到不仅仅偷猪,连鸡鸭牛羊也开始偷。

"你们偷人星上的猪干什么?"审讯人问道。

"偷回去高价卖啊。"空星上的人回答。

"噢……难道你们空星上还缺猪?"

"我们那里最缺猪啦!"

审讯现场设在一个露天广场,围观的人围得水泄不通,还有电视台对审讯进行现场直播。现场的人、电视机前的人都"哈哈哈"大笑起来。

"你们那里村庄的人不养猪?"

"我们那里的村庄没人了。"

"人呢?"

"有钱的人搬到城市去住,没钱的人跑到城市打工。"

这次,现场围观的人和电视机前面的人,都陷入了沉思。

生命的笑声

会飞的房子

房子就是家，家就是房子，没有房子就没有家。可他回到家时，却没有房子。

他曾经有过房子，还是当地屈指可数的深宅大院。

他是父亲的独生子，是父亲的命根子。他父亲生前特别看重房子，用一生的心血给他盖了好多豪华气派的房子，想让他的子子孙孙世世代代住下去。

他小时候为拥有这么多房子感到自豪。

后来，他被父亲送到山外上学。山外的学校好，山外的老师水平高，山外的世界美。

多年以后，他被山外的一座城市赶回家时，他家已被一扫而光，他的那些房子，已经成为别人家的房子，一间也没有给他留下。他只有借住在别人家的房子里。那是两间低矮的、残垣断壁的偏房。下雨时，外面大下，屋里小下，外面不下，屋里仍嘀嗒。刮风时，黄沙弥漫，风声如泣。

没有房子，就没有女人。

那时候，他最大的心愿就是有两间属于自己的房子，属于自己的家。经过几年的拼命劳动，他硬是勒紧腰带，从牙缝里抠出两间房子。

有了房子，便走进一个女人，他也就有了家。有家他就有了一群孩子。

有孩子，房子不够住。

他需要盖房子。

他省吃俭用，日夜劳作，又盖起两间房子。

正好老大长到成家的年龄，老大住进去了。

房子还是不够住,因为老二也不小了,要娶媳妇先要有房子。于是,他又要去盖房子。

他辛辛苦苦又盖起两间房子,老二结婚住进去了。

还没等喘口气,这时,老三又长大了。

他还得去盖房子。

不过,他不愿再去盖房子了,他发现即使盖到死也盖不完。

他发现一条捷径,如果全家"农转非",就不用自己盖房子了。房子单位负责盖,然后分给每一个人。

尤其令他向往的还是电灯电话、楼上楼下,简直是天堂般的生活。他由衷地厌恶穷乡僻壤。

对于一个老实巴交的乡巴佬来说,从农村走进城市,在那个年代是可望而不可即的。可他偏偏敢想敢干。他只有一个念头,只要成为城里人,就解决了房子问题,解决了房子问题,就解决了任何问题。他不惜任何代价,奔波操劳,到处求人托门子,几年下来却山穷水尽,毫无进展。人们都笑话他是神经病。就在他几乎绝望、真的快变成神经病的时候,原来那座把他赶回来的城市,又突然来函叫他回去。"生活简直像一场梦啊!"这是他捧着那纸薄薄的公函,泪雨滂沱说的一句话。

他带着老婆孩子风尘仆仆地走进久违的遥远的城市。孩子们一个一个安排上工作,又一个一个分上楼房。生活不是梦是什么?

可房子似乎长着翅膀,今年飞到这里,过几年又飞到那里,他只有跟着房子走。房子当然是越换越大,越换越好。他常常是刚在一个地方熟悉过来又换一个地方,刚刚熟悉这个地方又钻进另外一个地方,像一个刚出生的孩子一样从头开始熟悉,周而复始,筋疲力尽。他越来越有找不着家的感觉。

他家的房子越来越多,这里一栋,那里一栋,好多地方都有他家的房子。

生命的笑声

有时,他问儿子:"你从哪里弄来这么多房子?"

儿子说:"你别管那么多,只管住就行!"

尽管他家的房子越来越宽敞,越来越明亮,可他却越来越住不下去。他不愿生活在钢筋混凝土的森林中,不愿呼吸乌烟滚滚的空气,不愿生活在陌生麻木的环境中……

突然有一天,他家所有的房子全部飞走,飞走的还有他儿子以及儿子的公司。

他又回到那个穷乡僻壤的村庄。

可村庄的人告诉他,你回不来了。

他说:"我就是这地方的人啊,我祖祖辈辈都是这地方的人啊,为啥回不来?"

人家说:"难道你忘了吗?多年以前,你卖掉房屋,把你全家的户口迁到城里。"

他说:"城市里没有房子,就等于没有户口;这里没有户口,再不能分地不能盖房,我到哪里去?"

你到底安的什么心

雅座是用三合板隔开的,未封到房顶,这边说话,那边能听见。

你和几个朋友来得比较晚,刚坐下,就在嘈杂的环境中,听见从头顶飘过来的一个姑娘气愤的声音:"俺那个老板才不是个东西!"

你听见有人问:"怎么回事?"

"一个十足的坏蛋!"

你又听见有人问："你咋知道？"

"我与他一不沾亲二不带故，他为啥对我特别好？分明是黄鼠狼给鸡拜年——没安好心。"

那边大概吃完了，噼里啪啦起身离去。

几个朋友盯着你偷笑，其中一个说："我怎么听着是你手下人说你啊？"

你的胸脯一起一伏，脸颊红红地说："确实说的是我。"

"不可能吧？"

"你怎么干那傻事？"

"到手没有？"

这时，已上来几个菜，啤酒倒得满满的，你端起酒杯一扬脖倒进肚子里，说："想听吗？"

"想听。"朋友们异口同声地说。

你点上一支烟，慢慢吸一口，说："她叫古莲，你们都认识。她说话声音很粗，像个男孩子。她很可怜，从小没父没母，跟一个瞎眼奶奶相依为命。没人看得起她，谁都嘲笑她，别人像躲瘟疫似的躲着她。我很同情、很怜悯她，因为我小时候和她的情况差不多，所以，尽管我手下的女孩不少，有比她漂亮的，也有有利用价值的，但我却唯独对她最好。让她干轻松的活，想方设法多给她发点儿奖金。别人和我说话，我都是板着面孔，心不在焉。她和我说话，我都是和颜悦色。别人找我办事，我总是说研究研究，她有事找我，我有求必应。虽然她从来没对我说一句客气话，但我猜测她内心还不知道怎么感恩戴德呢。可是，我万万没想到，好心有时候恰恰被人误解成别有用心。刚才她怎么骂我你们都听见了，你们说气人不气人？"

你一口气说完，又把一杯啤酒灌进肚子，感到心里稍微好受一点儿了。

生命的笑声

"完啦?"朋友们那不死心的样子,又滑稽又可笑。

"可不完啦。"你认真地说。

"你哄小孩呢,这是!"一个朋友失望地说。

"你还挺能编故事。"一个朋友撇撇嘴。

"你该讲讲你和她风花雪月的浪漫故事。"

你万万没想到,不但古莲不相信你的善意,别人也都不相信。你感到哭笑不得。

"你到底安的什么心?"一个老谋深算的朋友,用一种复杂的目光审视着你,慢条斯理地问。

你无可奈何地笑笑,说:"我应该问问你们才对。"

奶奶的红柜子

奶奶没有告诉两个儿子红柜子里装的是什么东西便驾鹤西去。

奶奶直到咽下最后一口气,比起村里其他老人,都算是最有福气的了。两个儿子不但争着抢着养她,而且比着赛着给她吃穿。这并不是奶奶教子有方,也不是两个儿子特别仁义,而是因为奶奶那个神秘的红柜子。

奶奶的老伴死得早,孩子们又还小,奶奶的前辈把偌大个家业和一个红柜子郑重地托付给奶奶。不过,奶奶不善理家聚财,又爱仗义疏财,扶贫救济,家业在奶奶手里便渐渐萧索。有人骂奶奶是败家子,有人劝奶奶给儿孙留下点基业。奶奶不以为然:"留它作甚?日后儿孙们若有大志,怎会将这区区家产放在眼里?日后儿孙们若游手好闲,纵然有座金山也会坐吃山空。"奶奶很快变成了穷光蛋，不过传给她的那个红柜子，她却好好地收藏着。奶奶把红柜子视若命根子，从不许两个儿子靠近。村里传言，红柜子里一定盛满金银财宝和细软器皿，谁得到它，八辈子受用不完。两个儿子自然觊觎已久。

两个儿子匆匆忙忙给她发完丧，迫不及待地分遗产。四间屋每人两间，你搬水缸我搬桌子，一口锅没法分，砸开一人一半卖铁。最后，轮到那个红柜子了。

老大说："我把我分到的这份家产给你，我自己要这个柜子，行不？"

老二说："我把我分到的这份家产给你，我自己要这个柜子，行吗？"

红柜子历尽沧桑，不知传了多少代，已褪成暗紫色，有些地方的漆已脱落，像一块一块的疤；一把锁也锈迹斑斑。

见达不成协议，老二说："撬开它！"

老大说："你忘了咱娘临终时说，无论谁要了红柜子，千万别打开，你的晚年会很幸福，否则不堪设想。"

老二说："这么说咱娘的上一辈也不知道柜子里是什么？"

老大说："嗯。"

老二说："那怎么办呢，你我都想得到它。"

二人商量来商量去，也没商量出个结果，最后还是决定打开柜子。

老大把锈迹斑斑的钥匙插进锁孔，转动大半天也打不开。老二往锁孔里滴了几滴煤油，仍然打不开，又往锁孔里削了少许铅末，还是打不开。

"撬开！撬开！"老二抹着额头热气腾腾的大汗，不耐烦地说。老大找来一把螺丝刀，两个人吭哧半天，费了九牛二虎之力，终于撬开了那把从来没见过的怪模怪样的锁。

老大和老二迫不及待地掀开红柜子的上盖，脖子抻得长长

生命的笑声

的，眼睛瞪得又大又圆，都想看看里面究竟藏着什么稀世珍宝。但打开一看，俩人却惊呆了——红柜子里什么都没有，竟然是空的。

气得老大飞起一脚，把那把撬坏的烂锁，踢出好远好远。

一个捡破烂的正好路过，弯腰拾起来拿走了。

一个专门收藏锁的人，在如山的破烂堆中发现了那把锁，他竟然如获至宝，别人要买，出多少钱他也不卖，还说这是一把价值连城的锁。

你说没说我的坏话

从穿开裆裤起，小马和小冯就好得像一个人。以后，11年同学，4年战友，他们风雨同舟、情同手足，虽说也有过龃龉、误会，但经过推心置腹地促膝交谈，又都重归于好，甚至友情更浓。他俩共同恪守一句格言：夫妻如衣服，破了可以再缝；兄弟如手足，断了不能再生。

近来，他和他越来越觉得话不投机，很难相处。尽管有时两个人抹不开面子相对一笑，也是皮笑肉不笑——虚伪地笑，逢场作戏地笑。

他和他同在一个科室。人事变动科长高升，空出一个位子。尽管科里人不少，符合条件的却只有他俩。一个说："当官不自在，自在不当官，我才不稀罕那玩意儿。"另一个说："智者多虑，能者多干，人生难得糊涂。"然而，人，有时能主宰自己、驾驭自己，有时又只得被别人操纵、驱使。

一天，有一个人对小冯说："小马在背后说你的坏话。"小冯惊讶地说："不可能。"

那人说："信不信由你，不过一个人最大的敌人是他最亲密的朋友。"小冯问："为什么？"那人说："只有朋友才知根知底。"小冯说："我没有做亏心事，他能说什么？"那人说："小马说你踩着别人肩膀往上爬。"

小冯城府颇深，喜怒哀乐不形于色，表面上没拿这当回事，心里却恨死了小马。

那人再三叮咛："你万万不可说我说的，我是觉得咱俩关系不错，才透露给你。"

小冯装模作样地说："叫他说去，说够了他就不说了。"

但小冯的心里从此存下芥蒂。小马来找他玩，他总是推三推四借故躲开；小马和他说话他也爱答不理，再也不主动和小马打招呼了。

小马如坠雾里，闹不清怎么回事。他扪心自问哪里对不住小冯，闭门思过了好几天也找不出原因。

这时，那人又对小马说："小冯背后讲你的坏话。"

小马说："不可能，谁不知道我们俩的关系。"

那人说："不涉及切身利益的时候都是好朋友，涉及切身利益时往往成仇敌。"

小马是个急性子，一听就火了，问："他说什么？"

那人说："小冯说你把自己的幸福建立在别人的痛苦之上。"

"嗡"地一下，小马的脑袋就变大了，立刻要去找小冯算账。那人急忙拖住小马，说："我好心好意告诉你，你再去找他打骂，这不是出卖我吗？以后有事我还怎么敢对你说？你心里有数就行。"

小马沮丧到极点，心想连这么好的朋友都在背后射暗箭，还有谁值得信赖？

生命的笑声

小马终于明白小冯为什么不再和他好,原来是做贼心虚,心里有鬼。小马把小冯恨之入骨。

俩人多年的友谊就这样一刀两断了。

终于有一天,小马和小冯为一点儿鸡毛蒜皮的事拍了桌子。

吵着吵着,小马就直奔主题问:"你凭什么说我把自己的幸福建立在别人的痛苦之上?"

小冯也问:"你凭什么说我踩着别人的肩膀往上爬?"

小马说:"我没说过那种话。"

小冯说:"我也没说过那种话。"

小马问:"你听谁说的,我说你的坏话?"

小冯说出那人的名字。

小冯问:"你听谁说的我说你的坏话?"

小马说出那人的名字。

小冯和小马都说:"怎么都是他,找他问问!"

找到那人,那人已经当上了科长,成为他们的领导。他说:"我也是听说的。"

"你听谁说的?"

"我忘了。"

俩人面面相觑。

 物种宣言

动物界的一位博士生导师站在讲台上提问学生:"地球上什么动物是有害的?知道的同学请举手!"

课堂上的同学齐刷刷举起手。

导师环视一下四周说:"请娃娃鱼同学回答。"

娃娃鱼说:"是人。"

导师说:"为什么?"

娃娃鱼回答:"因为我已经没有了家,我的家被人类破坏了。好多好多的江河湖海都散发着恶臭。"

导师又说:"请白天鹅同学回答。"

白天鹅站起来说:"是人。"

导师又问:"为什么?"

白天鹅啜泣着说:"因为我早已没有了家,人类不断地猎杀我们,我们没有栖息之处,只好四处流浪。"

导师说:"请小白兔同学回答。"

小白兔淌着泪水说:"是人。因为我也快没有家了,昔日绿草茵茵的陆地越来越沙漠化。"

导师指指小燕子说:"你回答!"

小燕子呜咽着说:"是人。原来天空就是我的家,我在蓝天白云和阳光里自由自在地翱翔,可是现在天空却成了垃圾场,乌烟滚滚,刺鼻难闻……你们看,我的衣服都被染成黑色的了。"

"请老虎同学回答。"

老虎气呼呼地说:"是人。大家知道森林是我的家,可不知从哪天起,自私的人类滥采滥伐我的家。大家也知道原先我从来不吃人,还把人类当朋友,我是为了报复人类破坏我的家,才开始吃人的。"

导师也擦擦眼泪动情地说:"如果这样下去,总有一天,地球上的人将与我们一起灭绝,地球最终将毁灭。因为地球是人类和我们共同的家园啊!不过庆幸的是人类似乎意识到了这一点,开始保护环境,爱护我们。同学们说对不对啊?"

"对、对、对!"学生们高声喊道。

"我倒有一个建议。"导师说。

生命的笑声

"什么建议？"学生们异口同声问道。

导师清清嗓子，说："人类于1948年12月10日，在联合国大会上通过第217A（LLL）号决议，叫《世界人权宣言》，共30条，其中第1条是：人人生而自由，在尊严和权利上一律平等。这个宣言，只是对人类生存权的保护，并没有考虑其他动物的生存权，所以，他们才对自然界其他物种滥杀、滥捕、滥砍、滥伐。既然人是物种，我们也是物种，我们应该享有与他们一样的权利，只有这样这个地球才安宁，地球上的各种物种才能和平共处，生生不息。不至于好多物种濒临灭绝！"

"那我们开始起草吧！"

导师说："好，你们说，我来记。"

"第1条：各种物种生而自由，在尊严和权利上一律平等。"

"第2条：各物种有资格享有本宣言所载的一切权利和自由，不分种族、毛色、语言、宗教、政治、身份等。"

"第3条：各物种享有生命、自由和人身安全。"

"第4条：任何物种不得施以残忍的、不人道的或侮辱性的待遇，或不正当的侵害。"

"第5条：各物种有思想、良心和宗教自由的权利。"

"第6条：各物种有权享有主张和发表意见的自由。"

"第7条：各物种有直接或通过自由选择的代表参与治理本地球的权利。"

"第8条：各物种都有受教育的权利，教育应当免费，至少在初级和基本阶段应如此。"

"第9条：各物种有权要求一种社会的和地球的秩序。"

"第10条：各物种对地球负有义务，因为只有地球存在，他的生命才得以延续，他的个性才可能得到自由和充分的发展。"

……

咆哮的黄河

一

我爷爷顶风冒雪从县城回村时，已经是深夜了。

大雪淹没了村子，天上地上一点儿亮光也没有。狂风像一头暴跳如雷的野兽，声嘶力竭地嚎叫。

我爷爷踩着几尺深的积雪，走到村东头低矮的土地庙时，从庙中传出撕心裂肺的哭声。我爷爷疾步走进庙中，划亮一根火柴。神灶下一个女人依偎在奄奄一息的男人身边哭叫，怀里还萎缩着一个孩子，孩子的脸像烧红的木炭。我爷爷夺门而出，跟头趔趄地赶回家，招呼家中佣人抬上门板赶到庙中，把他们一家人接回家中，然后生火做饭，给他们充饥驱寒。我爷爷又亲自上门求医，请医生为病人把脉、处方、抓药……

经过一段时间的悉心治疗、精心护理，男人的病体康复了，孩子的面色也红润起来，全家都养得身强体壮。

快过年了，男人前来辞行，说："恩人受我一拜。我一家人逃荒要饭，遇上暴风雪，有幸碰到好人相救，我一家人的性命才得以保住。今生我不能报答，来世变牛做马也应报还。"我爷爷双手扶起男人，说："一来是我们有缘，二来救死扶伤也属应当。"

次日，我爷爷备上车马，又给那男人带上粮米油盐，将他们一家送至村口，依依惜别。

生命的笑声

二

　　我爷爷的东邻有一张姓人家。张妻产下一男婴，产后没几天便一命呜呼。祸不单行，男人也身患绝症，撇下婴儿撒手而去。

　　我爷爷抱养了那个父母双亡的婴儿。我爷爷把苦命婴儿抱回家中，取名张后继，雇上奶妈，精心喂养，稍大后认了干儿，带上长命锁，举家上下百般呵护，不让他受一点点委屈。我爷爷待他比亲儿还亲。

　　张后继在这优越的环境中一天天长大。他依仗我爷爷家产富足，视他如掌上明珠，便逐渐养成傲气十足、耍刁撒泼的毛病。其后他又纠集村中泼皮无赖、狐朋狗友，横行乡里。

　　我爷爷自知自己忙于生意无暇管教，便把张后继送到县城自己开的一处油坊，交给油坊王掌柜严加管束。没想到事与愿违，张后继到县城老实了没几天，又故态复萌，夜宿烟花巷，白天泡赌场，大把花钱，没钱就借，结果，要账的进进出出。油坊王掌柜叫苦连天，无能为力，便向我爷爷哭诉。我爷爷盛怒之下，命用人把张后继五花大绑捆来，狠狠揍了他一顿。过了些日子，我爷爷托媒人在外村给他找了个媳妇。择吉日良辰，备下酒席，我爷爷亲自主持婚礼，当众宣布张后继已长大成人，为了他们夫妻今后的生计，再把庄南十亩好地转让给他们，今后独立门户，好自为之。席间众乡亲感叹唏嘘不已。众乡亲告诫张后继从此好好过日子，莫忘马家一片苦心。

三

一个秋天的傍晚,我爷爷、我奶奶和我父亲正在吃饭。突然,从门外闯进来一高一矮两个人。矮个儿的从腰间掏出手枪低声吼道:"不许喊叫,谁不听毙了谁。"高个儿匪徒找出一条绳子,把我奶奶和我父亲捆了个结结实实,吊在梁上,再用毛巾堵死嘴。高个儿的对我爷爷厉声说道:"我们是天堂寨的,请你跟我们走一趟。"我爷爷只好随着他们往外走。

不知走了多久,也不知走了多远,天渐渐放亮,他抬眼望去,前方是一望无际的芦苇荡,在晨风中"沙啦沙啦"作响。不远处有几名身背钢枪的人在来回游走。就在这时,过来一名匪徒用黑布蒙住了我爷爷的双眼,他的左右胳膊也被人挟住,深一脚浅一脚地向前走去。不多时,前面传来众多的脚步声,只听有人大声喊着:"抓来了!抓来了!"

有一个匪徒给我爷爷揭去黑布。出现在我爷爷面前的人看样子像是匪首,肥头大耳,满脸胡髯,黝黑面膛,豹眼鹰鼻,一道伤疤挂在印堂。

匪首哈哈大笑,说道:"实不相瞒,兄弟此番冒犯确有难言之隐。你扶弱济贫,菩萨心肠,美名远扬,多年来我训诫手下兄弟切勿骚扰于你,怎奈官兵围剿日紧,我身困荒野,手下百多名兄弟粮饷断绝,度日如年,难以维系,万般无奈,才出此下策。"

我爷爷追问:"请问大当家准我筹资多少?"匪首伸出一个手指。我爷爷见状急汗如雨,呼吸急促,面色大变,略带哭腔对匪首说:"历年来刀兵四起,兵荒马乱,外埠商贾为避战乱来之甚少,因此商业萧条,经营入不敷出,农耕方面今年水

生命的笑声

蝗成灾,收入不及往年一半,佃户无力还租,时下粮款皆亏,实难满足所提条件。"

匪首说:"先生的实力方圆几百里谁人不知,区区小额能难住先生?这样吧,你我兄弟初次相会,来日方长,减去一万,九万定夺,雷打不动,不可少半个子儿。"说到此处,匪首豹眼圆睁,刀疤隆起,面露杀机。

见此情景,我爷爷已知不可通融,顺势应道:"我愿倾尽全力。"匪首说道:"你想与家人早日团聚,不妨写封书信,我派手下弟兄送去,限期你十日内将大洋凑齐,你看如何?"我爷爷见文房四宝已摆在矮桌上,顺手提笔写道:

贤妻如面:
  别来无恙。见笺急筹大洋玖万,或典或卖。财本无姓,输赢常理,不破不立。谋事在人,成事在天,富贵由命,平安是福。限期勒令,十日赎金足时,乃夫妻团圆之日。超期之日,乃我夫妻永别之时。

匪首将信拿在手中,连称好字。匪首面露喜色,转身交于身边匪徒说道:"你将信带好,快去快回,成败在此一举了。"

匪首转身用手一指,开口说:"两面大炕请你自便。"我爷爷倒头便睡,很快便沉沉入眠。

夜深了,喧闹之声已见平息。屋里屋外众匪个个酩酊大醉,东倒西歪,呼噜之声不绝于耳。我爷爷灵机一动,如此坐以待毙,何不趁机逃跑!机不可失,失不再来。我爷爷在房前屋后假装方便,转了几圈,瞅准时机,借岗哨游离之机,躬身猫腰,脚步高抬轻放,往芦苇荡中钻。可能是不小心碰着芦苇发出的响声惊动了匪徒,后面传来严厉的喊声:"站住,再跑就开枪了!"我爷爷管不了那么多,更坚决地往芦苇荡深处跑去。子弹在我爷爷的头顶、身边飞舞。

不知过了多久,耳边传来巨大的流水声。放眼望去,一条大船停在岸边,船上的人已清晰可见。我爷爷倒吸一口凉气,来不及多想,转身就往芦苇荡里跑。但为时已晚,船上的人已经追过来。此时,我爷爷已筋疲力尽,一屁股坐在地上,心想听天由命吧。几名士兵站在眼前,命令我爷爷站起来,举起双手向大船走去。到了大船边,我爷爷上了跳板,顺势上船,只听一人大喊:"把他押到后舱去。"

船靠近码头,我爷爷和众匪徒一起依次被押下船向前走去。从码头到城门约有几里路程,路两旁布满了荷枪实弹的官兵。抬头看去,城门楼上悬挂着十几个血淋淋的人头,令人毛骨悚然。走进城门楼,向左一拐是一座很气派的大宅门,进入院内四角炮楼上官兵端着明晃晃的刺刀来回游动,被捆绑着的匪徒按照官兵的指令,一排一排席地而坐。

我爷爷刚刚坐下,从门外快步走进一名官兵,大声喊道:"你们听着,谁是马良善?"我爷爷听到有人喊自己的名字顿感疑惑不解,站起身应道:"是我。"这名官兵走到我爷爷身旁,解开绳索,微笑着说:"请随我来。"

走出大门,向路对面一座院门走去,大门前有两名官兵持枪站立两旁,门口中间站着一位头戴大盖帽,肩抗金牌的长官。长官看上去有20多岁,瘦长身材,双目炯炯。他见到我爷爷后,向前几步,抓住我爷爷的双手,连声说道:"伯父受惊了。"

长官满脸带笑,双手将我爷爷按在太师椅上,双膝跪地,纳头便拜。我爷爷慌忙起立,双手把长官扶起,说道:"我乃一介草民,如何承受此等大礼,快快请起。"长官站起把我爷爷扶于座上,复又双膝落地痛哭失声:"恩人在上,我为九泉之下的双亲跪拜救命之恩。"长官接连磕了六个头,才站起身来,抹去泪水呜咽着说:"伯父,20多年前的那个风雪之夜,

生命的笑声

土地庙中被救的孩子就是我呀!多年来父母念念不忘,每逢大年三十,双亲总是面向恩人方向遥拜。我15岁投身军营,连年战火,出生入死,受上峰提携,现为营长。若不是当年恩人相救,我早就毙死他乡,哪有今日。"我爷爷说道:"如此说来,姓崔、乳名叫铁蛋的就是你了。"崔营长双脚一并,举手行一个军礼说道:"侄儿便是。"

我爷爷仰天长叹:"人生苦短,挚友故去,岂不让人痛哉。"沉默片刻,我爷爷又说,"你怎么知道我在这里?真让我迷惑不解。"崔营长从上衣口袋掏出一张信纸,双手递给我爷爷。我爷爷接过一看,正是在匪巢时,他被迫写下的催款家书。

我爷爷问道:"这信怎么到了你手里?"崔营长说:"数年来匪患日盛,民不聊生,鲁北州县告急文书频传,惊动政府,指令山东省政府调集重兵,全力进剿,务必将匪患平息,我部奉命水路并进。十几日前尖兵排俘虏一名匪徒,从其人身上搜出这封书信,转交我手,方知伯父被土匪绑架。我心急如焚。昨日激战,将匪巢荡平,匪首招供,始知恩人于仲秋之夜逃出。感谢上苍,让我见到恩人,赏我报恩之机,实为晚辈之大幸。"

我爷爷说:"该匪徒现在何处,我有话问他。"崔营长站起身来命令传令兵到大狱把传信匪徒提出问话,不多时将匪徒押到,匪徒蓬头污面,面色死灰,细看正是传信之人。

我爷爷问道:"你们到临海县绑票,肯定有内线,不然怎么对我的情况了如指掌?"匪徒说:"张后继是这次绑架的牵线人,听说还是你的义子。"我爷爷听罢倒吸一口凉气,紧接着问:"他何时入伙,又为什么加害于我?"崔营长大吼一声:"从实招来!"匪徒说道:"长官息怒,我在临海县城赌局上与他相识。听人说张后继自幼在马老先生家长大,娇生惯养,挥霍无度。在赌场上我与几个兄弟故意先输后赢,赌注越下越大,他越输越赌,所以欠下巨额赌资。我们威胁利诱让他上钩,他心甘情愿当我们的内线。但提出两个条件……"崔营长插话:"哪两个条件。"匪徒说:"第一个条件要将赎金二八分成,其二嘛……我不敢说。"崔营长把桌子一拍,训斥道:"快说。"匪徒吞吞吐吐地说:"让我们拿到赎金后,就把马老先生杀死,以绝后患。"

我爷爷讷讷自语:"我养他20多年,没想到养出一只狼来,他还要置我于死地。"崔营长怒不可遏,大声喊道:"羊跪乳,鸦反哺,动物尚且懂得知恩图报,何况人乎?似这等忘恩负义之人,不杀之天理难容。"崔营长转身对传令兵说:"传我命令,命令骑兵连王连长,昼夜兼程,让匪徒带路将张后继缉拿归案,不得有误。"

我爷爷急步向前,把传令兵拉住:"慢走,我有话说。"崔营长问:"伯父有何交代?"我爷爷抓起酒壶,把酒斟满说道:"贤侄请把这杯酒干了。"崔营长说:"事不宜迟,不容拖延。"我爷爷端起酒杯走到崔营长身旁说道:"贤侄赏脸,请饮杯中酒,老朽有事求你。"崔营长慌忙接过酒杯放于桌上问道:"恩人何出此言,小侄愿洗耳恭听。"我爷爷说道:"后继是我一手养大,也怪我从小过于溺爱,有失管教,才有今日。更念他双亲早亡,只有这一根独苗,就放他一条生路吧。"

崔营长听后沉默无语,许久才喃喃自语:"他恩将仇报,这样加害于你,你却为他讲情,真让我想不通。"

几日后,崔营长亲自把我爷爷送回村里。全村人都来看望我爷爷。我父亲说:"张后继吓得连老婆孩子都不要,自己跑了。"我爷爷说:"这怎么行,去派人把他找回来,对他说只要他改邪归正,我不会追究他的。"我年轻气盛的父亲说:"这个仇不报誓不为人,抓到他非抽他的筋扒他的皮不可。"我爷爷呵斥道:"不得无礼。"我父亲说:"他害得咱差点家破人亡,你却不报仇雪恨,真不明白你是咋想的。"我爷爷沉思良久,深深叹口气说:"你还小,以后就明白了!"

第四辑 会飞的房子

生命的笑声

四

队长安排我父亲出猪圈。猪圈是圆形的，用青灰砖砌成，上面有一间小屋，上高下低呈道士帽状，有几层台阶通到圈里。猪圈里积满了黄绿色的水，不时从下面冒出一串串水泡，发出咕嘟咕嘟的声响，散发着阵阵令人作呕的恶臭。

我父亲到了猪圈那里，别说干了，一看那样就想吐。他蹲在地上，头深深地埋在胸前，大泪去了小泪来。

"你坐在这里干啥，振江？"不知什么时候，身后传来一个老人的声音。

我父亲站起来转过身一看，原来是董叔。

我父亲用袖子擦擦眼泪："队长安排我出猪圈。"

董叔拉我父亲一把："来，坐坐，咱爷俩聊聊。听说你回来了，想抽个空去看看你，一直也没捞着。"

我父亲坐在董叔旁边，说："我爹活着时，常和我说起你。"

董叔递给我父亲一支他卷好的烟，又给自己卷，一边卷烟一边说："那可是，那可是。"董叔深深吸一口烟，又说，"好孩子，你年轻，日子长着呢，没有过不去的火焰山，队长叫咱干啥咱干啥。毛主席教导我们，风物长宜放眼量，人间正道是沧桑。古人还讲，三军可以夺帅，匹夫不可夺志啊。你这有文化的人应该比我更明白。"

我父亲用力点了点头。

我父亲用了两天的时间，把猪圈里外打扫得干干净净。

在昏暗的灯火下，几名社员围在记工员旁边查对工分。我父亲也凑上去问记工员："出猪圈记了几个工？"

记工员说："两个工。"

我父亲说:"听说出猪圈不是每年记三个工吗?"

记工员回答:"这是队长让记的。"

这时,队长正好进门,我父亲迎上前去问:"队长,出猪圈记几个工?"

队长回答:"两个工。"

我父亲说:"往年不是记三个工吗?"

队长说:"一年一个样。"

我父亲说:"总要有个原则吧。"

队长说:"对你这种人还讲什么原则。"

我父亲感觉所有的血液都涌上脑门:"我怎么了我,我一不偷二不抢,哪里比别人差啦?"

"他娘的,你反社会主义反人民,双料的。啪——"他一巴掌打在我父亲脸上,打得我父亲眼前直冒金花。还没等我父亲反应过来,胸膛上又挨了重重一拳,摔倒在地上。

平时,我父亲的心里就像装着炸弹,这一下子更像点燃了一根导火索,终于引爆了胸中的那枚重磅炸弹。我父亲爬起身一个箭步朝那个庞然大物冲去,随着一声闷响,队长重重地栽倒在地上。我父亲顺势骑在他身上,所有的仇恨都集在拳头上,像武松打虎一般,高高举起拳头,狠狠地打,要不是社员拉着,看那样,非打死他不可。

这一夜,我父亲是在噩梦中度过的,他想队长不会善罢甘休,就做了最坏的打算。没想到这一夜出奇的平静。第二天也安然无恙,大家照常出工,好像没发生任何事情一样。

晚饭后,通知我父亲到小队去开会。会场设在土地庙原址,土地庙已夷为平地,只有那棵老榆树还幸存着。社员们各自带着座位三三两两地走来,男男女女、老老少少,黑压压一片。老榆树下摆着一张桌子,桌子后面坐着队长和公社来的干部。让我父亲意想不到的是,公社来的干部竟是张后继的儿子。

生命的笑声

人员到得差不多了，队长扯着嗓子喊道："右派分子马振江滚上来。"我父亲走到主席台上，面朝社员，低头躬腰，垂手站立。队长坐在主席台上大声说："今天召开全体社员大会，坚决打击阶级敌人的嚣张气焰，打退阶级敌人的猖狂进攻，不获全胜绝不收兵！"我父亲哪见过这种阵势，两腿直发软，两个膝盖禁不住哆嗦，心"突突突"地要跳出来。村里这段时间已打死好几个人了，把人装进麻袋扎口乱棍打死。队长又声嘶力竭地喊道："一定要树贫下中农的威风，灭阶级敌人的锐气！批判会正式开始，请大家踊跃发言，老账新账一起算，连他爹那个老地主马良善的老底一齐揭发。如今穷人翻身做了主人，有仇的报仇有冤的报冤。马振江在省城犯了错误，被开除公职赶回来，不老老实实改造，还敢打队长，简直是无法无天！"我父亲体似筛糠，脸色蜡黄，暗想今天大难临头，不死也残。

会场上鸦雀无声，死一般寂静。又等了一会儿，还是没人发言，队长点名："李光刚你先说。"

李光刚摸了半天后脑勺吭吭哧哧地说："我、我、我也没啥说，非让我说的话，我年轻那时，穷得娶不上媳妇，是他爹给我娶的媳妇。"

"哈哈哈……"社员们爆发出震耳欲聋的笑声。

"笑什么笑，谁让你说这个的！"队长气急败坏地说。

"别的我没啥说。"李光刚嗫嚅着说。

"王大根你说。"队长又点名。

"那年咱村下涝雨，把我的房子冲倒了，是他爹给我盖起了新屋。"心直口快的王大根机关枪似的说。

有的社员想笑没敢笑出声，有的社员趁着夜色，搬起板凳偷偷溜走了。

"冯越哲你说说。"队长左挑右拣了半天才点名。

"我在他家当长工是不假,他爹待我可好啦,拿我像亲儿子一样,我一辈子……"

"得得得……上一边凉快凉快去,越说越不像话!"队长粗暴地打断了冯越哲的话。

队长指指坐在前面的董叔说:"董贤书,你说说昨天的事。"

董叔拿着旱烟袋慢腾腾地站起来说:"让我发言,那我就说几句。社员们都知道,出圈这个活是又脏又累,幸好咱队往年有个地主分子,年年是他干,阶里给他记三个工。凭良心讲,咱在座的社员,给你记十个工你干不干?在这里我不是替阶级敌人说话,正因为我们不愿意干才让他们干,这就是对他们的改造。就拿这个右派分子来说吧,出圈两天,早出晚归,一身臭粪……"

没等董叔说完,队长又点名让李大叔发言。李大叔嗓门洪亮地说:"社会主义的分配原则是多劳多得,按劳取酬,对阶级敌人也要给一条出路,不能一棍子打死。要把他们改造成自食其力的新人。这个小右派年纪不大,脾气不小,队长对你无产阶级专政你要服从……"

李大叔正要继续往下说,张后继的儿子走到我父亲面前问:"你有点面熟,是不是马良善的儿子?"我父亲低着头说:"是。"

张后继的儿子看看面前黑压压的人群说:"今天的会就开到这里,散会!"

队长说:"不能散会,不能散会,还没有批没有斗呢?"

公社干部头也不回地走远了,队长急忙颠颠地跑着追去。

人都走光了,我父亲站在主席台上,还不相信是真的。

我父亲一个人摸黑回家。

我父亲一个人摸黑回家的路上,脑子里一直回荡着我爷爷的那句话……

生命的笑声

五

"你带我去看黄河吧,爸爸!"上小学的儿子,听见我进门的关门声,放下铅笔从房间里跑出来,扑到我怀里撒娇说。

"黄河有什么好看的。"我一边脱着外套一边说。

"我要看,黄河之水天上来,奔流到海不复回。我正在学李白的诗《将进酒》,我要看黄河!"

"好,好好做作业,放长假我带你去。我们老家就在黄河边上,我小时候在黄河岸边长大,喝黄河水,吃黄河鱼。"

秋季,我开车长途跋涉,带儿子来看黄河。

我站在村后的黄河大堤上。黄河在我眼前,它把大地一分为二,它是巍峨的雪山和浩瀚大海的道路,它是无垠的天空和苍茫的大地最壮观的彩虹。黄河水浩浩荡荡像万马奔腾,挟着泥沙,裹着尘埃,怒吼着,打着漩涡,向东奔涌。秋季的黄河是一年中水量最大的季节,黄河水混浊得像泥浆,轰轰隆隆响着,震耳欲聋,地动山摇……千百年的黄河,汹涌澎湃,跋山涉水,风卷残云。

"黄河水能喝吗?"

"能,两岸都喝黄河水。"

"黄河水啥味道?"

"甜的。"

儿子目不转睛地看着黄河:"黄河多深?黄河多宽?"

我一边回答着儿子各种各样幼稚可笑的问题,一边转过身默默注视着村庄。村庄比原来大了很多,有的人家的房屋又新又气派,鹤立鸡群,有的人家房屋又破旧又低矮,老态龙钟。在土地庙的原址又建起方方正正的土地庙,屋宇错落有致,雄伟巍峨,富丽堂皇,古香古色,院中香火缭绕,佛声振振,木鱼清脆。

大　院

　　当时，临还不是那个大院的人，但经常往那个大院跑，因为临总与那个院子发生业务，其实，临有时根本用不着往那里跑，打个电话就能解决，可是打电话总占线，印象中没打通过几次，只要打，就是占线。当时临颇为费解：这部电话怎么一天到晚这么忙呢？

　　多年以后，临有幸成为那个大院的人，并且有幸坐在那部电话机旁。

　　"丁零零……"电话响第一声，没人接。这地方的人就是有修养，一般响第二声才接电话，第一声是给打电话的人一点心理准备的时间，临想。

　　"丁零零……"电话响第二声，没人接。临看一眼周围的人，没有一人像是要接电话的样子。

　　"丁零零……"电话响第三声，没人接。临有点儿沉不住气，但不知道该接还是不该接，因为临第一天上班，刚坐下还不到一分钟，不敢贸然行事，这也与临谨小慎微的性格有关。

　　"丁零零……"电话响第四声，没人接。怎么没人接呢？叫谁谁也感到奇怪。

　　"丁零零……"电话响第五声，没人接。所有人都无动于衷，就好像电话没响一样。

　　"丁零零……"电话响第六声。

　　"丁零零……"电话响第七声。

　　"丁零零……"电话响第八声。

　　……

　　电话终于不响了，像一个再也哭不出声的孩子。

生命的笑声

"丁零零……"电话又响。

自从电话响的第一声起,临就开始琢磨,人们不接电话,是不是故意留给自己接。因为按照惯例,初来乍到的人就该多干点拖地、倒垃圾、接电话之类的活。看来就是这么回事,人们这是给他机会,让他养成一个好习惯,才谁也不接电话的——说不定人们在心里还骂自己懒。

临这样想着,便站起身,踩着清脆的铃声,拿起话筒,说:"喂?"

电话里问一项业务怎么办,临刚来不懂,就叫办理这项业务的人:"杨老师,你过来接个电话吧!"杨老师放下手中的活,走过来听一会儿电话,有板有眼地介绍起来,介绍完把话筒"嚓咔"一声扔在电话机身上。

"丁零零……"电话又响了。

这次,临毫不犹豫地走过去接电话。看来就是该自己接电话,临想。

电话里又问一项业务怎么办,临还是不懂,就叫办理这项业务的人:"刘老师,麻烦你接个电话。"刘老师放下手里的书,走过来听电话,看样子挺麻烦,啰唆半天才解释清楚。刘老师一边往回走一边说:"真讨厌!"

"丁零零……"电话又响了。

临不假思索地走过去接电话。

电话里仍是问一项业务怎么办,临仍然不懂,就叫办理这项业务的人:"冯老师,请你接个电话好吗?"冯老师放下手中的茶杯,走过来接过电话,三言两语就打发了。

"丁零零……"电话又响起。

临心想不能让别人说自己懒,刚想三步并做两步去接电话,一个人突然开口说道:"小临,你歇歇吧,别管它!"

临呆愣在座位上想了好半天。

电话不响后,赵走过去打电话,谈笑风生;赵打完,钱打,窃窃私语；钱打完，孙打，情意绵绵；孙打完，李打，称兄道弟；李打完，周打，妙语连珠；周打完，吴打，海阔天空；吴打完，郑打……

"丁零零……"第二天早上电话再响时，临也装作没听见一样，开始很不习惯，时间一长，也就充耳不闻起来。

多年以后，临不得不离开那个大院，不但是临，还有所有的人。因为那个大院倒塌了。

谁是你，你是谁

当灵魂离开肉体的一刹那，你悲痛欲绝，虽然你也知道人固有一死，但你还是不愿意死，更愿意活着。俗话说，好死不如赖活着，再说你还不到死的年龄啊，据说人不是能活 200 岁吗？但很快你又喜出望外起来。不是有句老话吗？人固有一死，或重于泰山或轻于鸿毛，你觉得你死得就重于泰山。因为你在天上发现，你死后，你的名字、照片和死讯赫然印在好几家报刊之上。你倍感欣慰。正在你洋洋得意之时，有人看着你的照片自言自语，有人看着你的名字议论纷纷，有人看着你的死讯指手画脚，有人指着你的照片说三道四。你屏气凝神认真地听着，你很想听听你在别人心目中，到底是个什么样的人，这也是你生前特别在乎的事。你生前总是把最美好的一面展示给别人，别人也总是捧得你心花怒放。

"妮子，这不是妮子么！"一个人惊叫道。你记得第一次有人这么叫你时，你没有一点反应，叫的人多了，你才知道妮子就是你，你就是妮子。

生命的笑声

"猴子。"有人点着你的遗像说。因为你曾经爱跑爱跳爱爬树,慢慢地,你也由妮子变成猴子了。

"卖鸡的死了。"你在那地方卖过鸡,虽然你办好了临时身份证,但人们还是习惯叫你卖鸡的。

"这不是万元户吗?"那时候万元户还很少,你成为万元户,认识的人都叫你万元户,万元户成为你的代名词。

"不法商贩,还上报纸?"直到现在,你一听到这个词,还心惊肉跳,你也拿死鸡、病鸡当成好鸡卖过,可是别人都那样做,你也是被逼无奈才那样做的。别人安然无恙,你莫明其妙地当了替罪羊。

"23号。"那次你去医院看病,坐在门外的连椅上疼得紧紧闭着眼,直到排在你后面的人推推你,你才知道医生叫的是你。

"这小偷成名人啦。"直到现在你仍很委屈。那时你手里确实攥着一个钱包,可那是你刚从地上捡起来的。没想到,你不明不白地成为跳到黄河也洗不清的小偷了。

"这回可闭上她的乌鸦嘴了。"涉世不深的你,口无遮拦乱说乱道,人们都叫你乌鸦嘴。

"这人不错!"你记得好不容易才调进那个单位不久,这个人就退休了。人们一致认为你这人不错。

"这个人很差。"这是你第一次被打倒时,有人暗地里对你的评价。你从所有的目光里,看出人们已达成共识。

"你可是个能人。"你东山再起后,那个第一个看不起你的人,竟然第一个到你面前这么说。你哈哈大笑,只是一句话也没说。

"一个牺牲品。"你又一次跌入谷底时,不少人都这么感叹。

"生活的强者。"你又一次风光时,人们又向你投来刮目相看的目光,甚至阿谀奉承。

"原来是'一江春水向哪流'啊。"你的一个网友啧啧惊叹道。

你曾经与几个网友见过面。即使见面时，你仍然感觉似乎是在虚拟的世界里。

"白莲。"红娘婚介所的老板嘟噜着说。其实那个名字是你的假名，办假证的小广告满天飞，想叫啥名叫啥名，想办多少个假身份证，就办多少个假身份证。

"早就该死！"你的一个下属，一边揉着报纸一边咬牙切齿地说。你仿佛从夏天一下子钻进冬天，浑身冰凉冰凉的。他可是你一手提拔起来的副职啊。

"她可是第一号大好人。没有她的资助，我哪能有今天呢！"一个教授对围在他身边的学生们说。

"卑鄙小人，罪有应得。是她灭的我。"你的一个对手恶狠狠地说。

"这残疾人身残志坚！"一位你不认识的市民由衷地感叹。

"噢，这位著名作家死了。"一个戴眼镜的人，放下手里的报纸，敞开书橱找你的那部厚重的长篇小说。

……

"唉——"你叹息一声，不想再听下去了。你一会儿觉得自己很高尚，一会儿觉得自己很龌龊，一会儿觉得自己很无辜，一会儿觉得自己很无奈，一会儿觉得自己很伟大，一会儿觉得自己很卑微……连你自己都辨不清谁是你，你是谁。

假如还有投胎去人间的机会，又该怎么做呢？你默默地思考着……

第四辑　会飞的房子

生命的笑声

 ## 新婚之夜

迎亲的队伍快到了,兰花隆起的胸脯一起一伏,像大海的波浪,好看的瓜子脸红红的,像涂上油彩。

当太阳羞答答地跃上天空、开始新的旅途时,兰花也羞答答地一跃,坐在亮闪闪的自行车后货架上。新郎笑哈哈地带着新娘,缓缓掠过全村男女老少不同的眼神,朝村外的大道骑去。

路上,当经过一个小桥洞时,兰花一想到马上要告别生养自己的爹娘和熟悉的小村庄,不禁心酸不已、浮想联翩。女儿长大要出嫁,嫁到一个完全陌生的地方,到一群陌生的人群中生活了。那群人会对自己怎么样呢?那个陌生的地方自己适应吗?兰花真想永远在父母身边,那该是多么幸福啊!可是只要是女儿,大了就要走,女儿生来就是别人家的人,每一个女儿都是一个流浪者。兰花真羡慕那些男儿,只要愿意就可以永远生活在家的怀抱里……兰花悄悄瞥了新郎一眼,嘴角又飘起一丝笑意,你看他方方正正的头,山一样的脊梁,粗壮的腰身……并且彩礼也是全村最高的哩。

闹洞房的人如潮水般退去,夜已很深很深。新郎送客还没有回来,兰花轻轻掩上门,走到炕边,两只脚一蹭,脱掉鞋,便一头扎进被窝。兰花感觉浑身像散了架,躺下后,却没有一点儿睡意。

兰花盼着新郎快点儿回来。

突然,"吱——"门开了。

兰花闭上眼装睡,听见门被拴死,灯被吹灭,然后是脚步走到炕边,脱鞋、上炕、脱衣……

兰花一直幸福地闭着眼,羞羞地任其摆布。

可是兰花感觉越来越不对劲，身上的那双手瘦骨嶙峋。兰花睁开眼一看，朦朦胧胧看见上床的不是新郎，而是一个又黑又矮的不认识的男人。兰花不禁"啊"的一声大叫，一下子爬起来，抱着被子缩到墙角厉声问："你是谁？"

男人说："我是你丈夫。"

兰花说："你不是。"

男人说："我不是谁是？"

兰花说："你就不是。"

男人说："实话告诉你吧，从相亲到娶亲都是我弟弟冒名顶替我去的。"

兰花惊呆了，问："真的？"

男人点点头："绝对是真的。"

兰花说："这么说，连我娘也在骗我？"

男人说："你娘也是没办法，你哥都快40岁了，还没找上媳妇，用你换我的傻妹妹给你哥做媳妇。"

兰花的脸霎时像被水洗过一般，胡乱穿了几件衣服就往外跑。男人一把拽住她，说："你别跑，跑出去就没命。我弟弟当民兵连长，他在每个路口都布置下持枪的民兵，如果你坚决不从非要跑，只有死路一条。"

兰花一下子瘫倒在地上，哭。

男人说："你就跟我过吧，我会好好待你的。"

兰花，哭。

男人又说："虽然我外表丑陋，可心眼好使，比那些外表好心眼坏的人强。"

兰花，哭。

男人还说："我知道心眼好不值钱，不然为啥没跟我的？还不是嫌我丑。我要长一个好皮面，不抢才怪！"

兰花，哭。

生命的笑声

男人再说:"你也不用感觉上当受骗,天下的女人有几个不是上当受骗的。有的是被钱骗,有的是被容貌骗,有的是被花言巧语骗。"

兰花,哭。

男人继续说:"死心塌地跟我吧,俗话说找得好不如过得好,过得好不如命好,说不定以后我们过得比谁都好哩!"

兰花,哭。

男人说:"你莫哭,哭坏身子。"

兰花,哭。

男人说:"你要真想不开,那我就送你回去,我情愿自己打一辈子光棍,我没想到会这样哩!"

兰花一头扑进男人的怀里,哭。

 男　　人

"你下洼,上孩子他舅那里借一口袋棒子。"

女人盘腿坐在炕头,一只手插进露着棉絮的棉袄腰际,一只手夹着烟,支在腿上,守着昏黄的煤油灯。

男人坐在灶前,上身前倾压在叉开的膝盖上,瞅着灶膛里没有一丁点儿火星的草灰,没吱声。

女人大半截烟卷儿抽完,又拿起一张纸,捏一撮烟叶,一边卷着一边说:"嗯?"

男人缓缓地抬起头,长长喘口气:"不去!"

"为啥?"

"……"

"已到这步田地。"

男人仰头，盯了半晌黑黑的屋顶，摇摇头，闷闷地说："不，不去！"

"你不去，这冬咋过？咱俩饿死就饿死，可怜这几个孩子啊！"女人抹眼泪。

"哥那里就有？"

"你去借借试试，要是有呢？"

"哥要是不借，咋出门？"

"哥有准借，要是不借，你就说拖着小的老的，过不了冬。"

"……"

女人开始铺被窝："早睡吧，明天好早走。顺便拾一车子草回来，也没啥烧。"

第二天，天还黑着，男人推着小推车上路了。风很大，刮得人站不稳，土粒子砸在脸上生疼，风沙迷得人睁不开眼。

天黑下来，男人才到。

男人进院，正被嫂子看到。嫂子笑嘻嘻地道："哟，妹夫，你来啦！"

男人想说借粮又没说，应："啊。"

嫂子又说："你快进屋，我去做饭，俺才刷出锅。"

高粱饼子，玉米粥，炖白菜，白菜里油不少，油花漂了一层。男人吃得满口香，一边吃一边琢磨着怎么开口，想出好几个方案又都嚼碎咽下去了。吃完，男人和哥坐在椅子上喝水。男人光想着借粮的事，喝得没滋没味。男人一次次发狠开口，一次次又没开口。

"孩子们挺旺相？"嫂子坐在炕沿上说。

"挺旺相。"

"老人家都壮实？"

"都壮实。"

生命的笑声

拉一晚上的呱,男人心里有事,话说得很少。

快睡觉时,哥问:"今年的秋收好不好?"

"不好"两个字刚爬到男人的嘴边舌尖,男人又改口说:"还好。"

"粮食够不够吃?"

"不够吃"三个字直在嘴里打转转,但男人咽口唾沫说:"够吃。"

临走时,哥还问:"你上这里来有啥事就说,可别不好意思!"

男人咬着牙说:"没啥事,来拾草的。"

三天后,男人推着草回到家。

女人问:"哥不借粮?"

男人说:"我没说。"

女人急得直哭:"你呀!你呀!咋办?"

男人说:"有办法,要饭去!"